大展好書 好書大展

大展好書 好書大展

文學叢書1

陳長慶著

寄給異鄉的女孩

目次

輯一（散文）

輯二（小說）

輯三（評論）

附錄

後記

序

孟浪

作爲一個文藝的創作者來說，陳長慶並不是一個勤謹的園丁。然而，在我所結識的一批青年中，陳長慶卻是我最爲器重，也是最爲關懷的一個。這固然是我對他或者有所偏愛，但實際上，乃是他在短短幾年追求表達心靈意識的文藝創作過程中，他是成長最快的一個。

提起陳長慶這個名字，或許大家都很陌生，但提起舒舒，則在讀者的記憶中，會或多或少的有些印象。他寫散文，寫小說，更寫評論。如果將他的作品稍作比較，以我的觀點來說：他的評論比小說好，小說又比散文好。因此，在一般人的概念中，或許認爲舒舒應該是屬於一個思想成熟的「中年人」。然而，實際他乃是一個真正從砲火洗鍊下成長的金門青年，即使是現在也不過才二十五歲而已。以他這樣的年輕，而有如此的稟賦，就不能不令我們對他刮目相看了。

回溯到我認識他的時候，他才不過是十八九歲，那時，我正執掌金門日報副刊編務。當時，我即立下一個原則：一張戰地報紙的副刊，首先應該輔導戰地青年的文藝活動爲其前提。因此，我在選稿方面，一方面約請文壇的知名作家撰稿，期冀他們的作品，能夠作爲愛好寫作青年的示範；一方面鼓勵青年朋友多多投稿。因此，在衆多的投稿者中，我發掘了許多金門青年，他們都有寫作的先天稟賦，遺憾的是他們乏人指導，並鼓勵他們的興趣，致使他們的才華被埋沒，長慶便是其中的一個。開始他是寫一些小品散文之類的文稿投向副刊，我就覺得他的稟賦特異。因爲在他的作品中，不是像一些所謂「現代青年」的作品，談的是什麼風花雪月，說的是什麼無病呻吟；而是一些有骨有肉、有思想，並能帶給讀者力量的作品。就一個初學寫作者來說，假如他沒有一股潛在的智慧和特異的稟賦，是不會有如此的驚人的表現的。

創作散文在陳長慶追求心靈意識的過程中，可以說是僅僅是曇花一現，很短的時間，他就從事小說的創作了。以一般的常情而論，一個小說創作者必須有充沛的生活經驗和豐富的生命內容，才能創作出感人的作品。但是不然，陳長慶他雖然是在戰地土生土長，歷經戰爭與砲火的洗鍊，然而他卻具有豐富的生活經驗和生命內容。這都是他長期從尋求知識的決心和毅力，不斷的鑽研書本而得到的。有一段很長的時期，他把自己隱居在太武山谷的圖書館內，除了工作而外，整天就與書本爲伍，並且有系統的去研究有關文學方面的理論、創作。因而，他頗有所獲，一如他說：若不付出痛苦的代價，幸福是永遠得不到的。這是他對人生的一種深刻的體味，使他在人生的旅途中，扮演了一個倔強的追求者，追求他的知識，包括他的愛情。

我們可從他收集在這個集子裡的作品來看，就可獲得一個十足的證明：從量的方面看，這些年來，他所創作的似乎太少了些；但從質的方面言，他成熟的思想似乎已超過他尚未成熟的年齡。有人說：天才是早熟的。或許陳長慶不是天才，但是從他追求知識領域的過程中，他確是付出過很深的痛苦的代價的。

我想，我不必再爲本集的作品，再作多餘的解剖。因爲，我相信所有讀者的眼睛，一定會比我的更爲雪亮，會選擇他們自己所愛讀的作品。不過，我想說明一點，這是長慶的第一個集子，對於他整個的創作生命來說，是極莊嚴而隆重的，就像一個母親孕育她的第一個孩子一樣。因而，當他這第一個集子付印之前，我願爲他說幾句話，就算是不成序言的序言吧！

回首來時路

——「寄給異鄉的女孩」增訂三版代序

黃振良

「寄給異鄉的女孩」是長慶第一本結集出版的書，也是我所知道近代金門籍青年以新文學形式撰寫出版的第一本書。該書於民國六十一年六月初版，至今已有廿四個年頭了，作者已由青年進入滿頭華髮的中年人了，令人不得不慨嘆時間之無情吧！

認識長慶於民國五十七年農曆春節，當時救國團金門支隊部透過中國青年寫作協會，在金門辦理一次劃時代的創舉——金門文藝營，地點就在金門高中圖書館的現址，參加文藝營的學員，大部分是當時的金門高中和各國中有興趣於寫作的學生，社會人士很少，有印象的也是年紀較長的，是當時在國小任教的楊天平老師，另外一位就是長慶了。當時最難得的是從臺灣請來了詩人鄭愁予、小説家黃春明、梁光明（筆名舒凡）、任教臺大的散文作家張健（筆名汶津）、聞名國際的金門籍版畫家李錫奇、加上當時正駐守金門的詩人兼散文作家管運龍（筆名管管）、以及蔡繼堯老師的繪畫，師資可以算得上是一時之選。文藝營的研習時間一星期，課程安排除了文藝創作指導，還包括於農曆正月初九登太武山活動、以及成立「金門青年寫作協會」。

寫作協會的成立並沒有爲金門的文藝寫作做任何事，倒是由於這次文藝營的舉辦，把一些興趣相同的青年朋友給結合起來，雖然這批人在文藝寫作上沒有多大的成就，但卻由於這些人的參與和努力，得以刺激另一批人的起而代之，對之後金門的文化工作，直接間接的注入一點新血。

至於在文藝寫作的成就方面，長慶算是工夫下得最深，也是最有成績的一位了。「寄給異鄉的女孩」之外，他又出版了第一本長篇小說——「螢」，這樣的成績在當時，確實可以算是一項豐收了。

民國六十二年夏天，我從島外島——烈嶼回到金門，兩個人湊在一塊，別的話暫且不談，第一件事就是籌辦發行「金門文藝」季刊，長慶負責執照的申請（這在當時那軍管時期談何容易？）好在從太武山谷出發的長慶，深諳其中門路，經過幾番波折，終於核發了當時算是金門唯一一張合格的雜誌出版許可執照；我則負責同好的聯絡聚合，這也不是一件容易的工作。當時我以一位教師每月數千元的薪俸，每三個月拿出一千多元支付「金門文藝」季刊的出版經費還出得起，但對幾位無固定職業的季刊社同仁來說，的確也非易事。但在那個年代的年輕人似乎都比較有一份可愛的傻勁，季刊同仁除了幾位教師同仁之外，也有幾位受雇幫人看店、在撞球店記分的小姐都在我們的同仁之列，如今想起，不免感嘆！

「金門文藝」季刊的出版發行，編輯最初由孟浪（謝白雲）協助，我負責封面設計和約稿，後來則整個編務交由我負責之外，長慶負責與廠商接洽排版印刷，我必須每期負責約稿審稿編輯外加寫稿和校對。當時長慶已經離開太武山谷，經營長春書店，我則白天教書上課，利用晚上的時間一起討論刊務，校稿編輯，兩個人雖然忙得很吃力，但都樂而爲之。可是過了不久，外間對「金門文藝」發行的批評不斷傳來，潑了我們的冷水，也降溫了同仁們支持的熱誠。

當初我們之所以取名爲「金門文藝」，原意是爲了能匯集金門所有的文藝同好，出錢出力，共同爲金門的文藝創作耕耘，而外人卻以本刊物係「同仁結社，不能代表金門，當然不得掛金門之名爲之」。由於「金門文藝」的出版執照得來不易，不甘如此輕易讓它中斷，幾經躊躇，爲了使「金門文藝」成爲「真正代表金門」的刊物，出版了六期後，我們把它交給了當時旅台的大專學生主持編務，也由他們自行約稿，我們不加任何干預，也不在刊物上發表作品。實際上，後來負責經費的同仁只剩下少數幾個而已，長慶則是出錢最多的一位；要養活一本刊物實在不容易，曾經有一期的內文印刷費支出了四千元，而封面的印刷加設計費則高達八千元之譜，長慶雖然心疼，但他曾說：「總不能讓尚未賺錢的學生做太大的犧牲吧！」由大專學生負責主編的「金門文藝」季刊革新號也只不過發行兩期吧，之後，再改爲單張發行兩期就暫時停擺了。

現在看到各種由金門縣政府出版或補助的刊物陸續的發行，本本印刷精美，設計新穎，我們在同感欣喜之外，也曾回首自嘲當時那種不知自拙的無知，但繼而反觀，除了這本不能代表金門的「金門文藝」之外，二十多年來又有那一本是由私人出資印行而足以代表金門的純文藝刊物出現呢？如果不是當年我們的這股幼稚無知不知藏拙的傻勁，恐怕到今天，我們除了官方的文化刊物之外，私辦的刊物還是掛零了。

尤其令我感嘆的是，在當年那樣的經濟拮据的環境下，我們可以爲了某種可笑的理想，可以省吃儉用自掏口袋辦刊物；而今天，整個社會的經濟環境如此富裕，尚有些寧可吃一餐飯花好幾千元，卻不願拿兩百元買一本好書，還能自詡爲知識分子的人，令我自嘆：如今所謂的知識分子這個名詞，真的讓我昏眩到不懂該作何解釋才對。

更難得的是：長期埋首於書店生意上的長慶，在睽違了廿年之後，不但沒有被金錢所鏽蝕侵噬，更能從更多的書香中再度奮起，今年再度以一系列的散文「新市里札記」，以及一個膾炙人口的中篇小說「再見海南島，海南島再見」博得許多讀者的掌聲，引發了許多共鳴，也因此鼓舞了長慶重排第一本集子「寄給異鄉的女孩」作第三次再版印行的動機。我在共享之餘，更佩服我的這位二十多年的摯友——陳長慶，正如他在「寄給異鄉的女孩」一書中所一再提到的，他是一個只有初中肄業學歷的人，卻是少數可以爲某種理想付出代價的人。也因爲如此，我才敢冒然的爲長慶這本書的第三版寫這篇不算序的序文，就當作是藉此告訴一些讀此書而不知此書作者成長歷程的讀者們，就算是——算是當作一個「引言」吧！

一九九六、十、廿六

第一輯

失去的財富可以勤奮
復得，健康減退可以
療養復原；但誰能阻
止溜走的時光，喚回
失去的歲月？

秋

颯颯西風吹來，小園落葉輕飄，已知：秋來囉！秋天的腳步近了。滿園晶亮金光，以及那——屬於秋底豐收季。棲聚在苦楝樹上的蟬兒吭著沙啞歌聲，爲著夏的易逝而歌唱；爲著秋的來臨而歡欣。那秋，遂像一位白髮神者，能使所有的光舞蹈；能使所有的沙飛舞；能使所有的戀人擁抱。那老者，没聲息，偷偷地爲秋而來，悄悄地爲秋而去。

髮絲斑白的老母仍爲四季底關懷者。當秋的腳步踏進房門時，她支撐著消瘦身軀，緊握枴杖，帶著沙啞的喉兒不停地喚著：「兒呀，秋來了；西風也吹來啦！趕緊兒回家穿衣裳吧！」

姑娘，季節底敏感者。瞧！她們已脫去薄衫，披一身粉紅長裳，靜靜地佇立在銀色的月夜裡，期待著愛人的歸來。期待那秋底月姐，向她敘述一篇動人的愛情故事。

逐憶及——秋底季節裡，我熱戀著一位姑娘。那姑娘，猶如秋；婷婷地，曳一身灰色豐姿，屬於成熟底倩影。

——於秋底清晨；我們哼著小調同登太武山峰；同遊海印寺廟。我們曾在佛祖面前發誓，待明兒秋來月圓時，將度洞房花燭夜。

——秋底正午；我們泛舟古崗湖，觀賞湖邊景色。昔時，天空佈滿朵朵烏雲，密密麻麻的秋雨跟著而來，畏懼的妳，緊緊地依偎在我的懷裡。也許過於恐懼震動之故，那船竟搖擺不停，差點兒滅頂於湖裡。而妳卻不在乎地說：也好，讓我們在秋底季節裡，沉睡湖底長眠不醒。

——秋底月夜；我們漫步於浯江溪畔，商討如何擺脫苦惱的「三八」陋習；如何建立一個十全十美底幸福家庭。偶而瞧瞧秋月，仰望藍天，往往至夜深人靜，才步歸程。

颯颯西風吹來，小園落葉輕飄，已知：秋來囉！秋天底腳步近了。幾許秋聲，幾片落葉，仍使我追憶——秋——以及秋底戀曲。

箋

看完亞理斯多德的「詩學」後，吾友，我整整有一百零二天沒有接觸過書本。我並不能說出一個簡單的理由來爲自己辯護，一疊稿紙歷經時間的腐蝕已逐漸地呈黃色。我害怕再也不能從書中求得一點知識來充實生命。經常的在晚上睡不著，而腦裡盪著的也只有一個名字，那名字美麗得像流水。

說真的，時間的逝去對我並沒有特殊的意義，只不過是一遍二遍重複的計算著。第一個發覺我精神有問題的是「博士」，他多少懂得一點心理學，而由我鬢邊寸來長的髮絲聯想到我此刻所感染的況味。我並不能輕率的否定他的判斷，人的理解力往往在安逸中顯得更突出。他要我接受一次專科治療，可是，我並沒有接受他的意見。我相信的是命運而不是膏藥，更不願再在我皎潔的心湖上，塗抹一片耀眼底色彩。他常說：

「爲了不糟踏一個偉大的生命，舒舒，你必須樂觀，你必須快樂。」

「謝謝你，博士。爲保全一個偉大的天才起見，我並不悲觀。」

吾友，誠然我的笑靨已被歲月的酸素腐蝕，但我仍保有那份純真——那份童時的純真。

今晚，我打從山外溪畔攜帶一份廉價的愛情回來。這世界的愛情得來太容易了，我只付出了一份冰淇淋的代價，而她竟默默的跟著我漫步在漆黑的山外溪畔，這是多麼不可思議的一件事。幸好走在她身邊的是一個患著長期感冒的人，聞不出蘋果的芳香，否則，誰能保證楓樹上不能綻放一朵玫瑰呢？吾友，你是知道的，我一向視愛情爲「無所爲而爲」——（不是玩弄）。視戀愛爲一種「遊戲」——（當然有一天會認真的）。不管秋風來不來金門，山外溪畔的漫步是我生平的第一次，也是最後一次。

吾友，沉默的季節也該告一段落了，「唇與星」的發表並不能視爲你告別文壇之作，你可知道我們的名字，正隨著歲月的流失而蒙上一層烏紗，但願龍蟠綺麗的風光能給予你新的靈感。因爲我們一生中並不只有一次「雨季」與其說是一位「異鄉的女孩」，沉沉的黑夜將會帶給我們寧靜的思考。誠然園中的花兒只是供人欣賞的，但是澆水卻是我們的職責；我們一定要有園丁默默耕耘的精神，明年三月三日的春花才能開得更鮮艷，更芬芳。

山谷的秋彷彿來的特別早，日昨我在山房後面拾到兩片楓葉，從它綠色的花紋測知，它是不該在此時凋零的，只是受到季節的摧殘，如此美麗的生命，要是秋風晚來幾天必然更爲出色。我已託請畫家添上一些色彩，管它是藍是白，而我已決定寄予你——寄上永恒的祈禱和祝福！

雨聲

是深夜時分了，雨，淅瀝淅瀝的落著；在窗外，在屋簷，在山谷的碎石上。雨絲，在半空編織一幅新的簾幕；雨點，在山谷譜著一支美妙底樂曲。雨中，我睜開惺忪欲睡底雙眼，佇立於小樓的窗前，偷窺那雨中底姑娘，搖曳著多采的豐姿，翩翩地，舞著，舞於寧靜底雨夜裡，舞於山谷底巨石上。

驀然，那姑娘，舞一把金光，「轟隆」！一聲巨響，驚醒了尋夢底人兒。

是砲聲，抑或是雷聲？

不是砲聲，也不是雷聲，是點綴在雨中底呼喚聲！

淅瀝淅瀝的雨聲，敲擊著我底小樓的窗；那絲絲底雨水，輕輕地盪漾在我的心湖裡，滋生一片朗潤底綠意。昔日雨中底山盟海誓，不知妳是否把它忘記？而今，在這陰霾底夜裡，雨只不過是詩人靈感的一點泉源。然而，我更喜歡沉醉於昔日那段溫馨底美夢裡。

星夜

揉著惺忪底睡眼，我走著……。

步履蹣跚地，來到明德廣場。哦！已是子夜時分了。

天，黑黑地，沒有月亮。大地像沉睡於寂靜底濃蔭裡。惟有那顆星，那顆閃爍在太武山谷上空底那顆，很像情人憂鬱底眸子哩！我所說的是指閃爍在太武山谷上空底那顆。

沒有憂愁，

　只有歡樂底小星星。

自小，我就愛上了那顆星，那顆明而亮底小星星。很像睡眼惺忪底姑娘，向我逗著醉人底媚眼哩！我說的是指我心愛底那顆。

含情脈脈，

　溫柔體貼底小星星。

今晚，我顫抖著底雙手，欲輕輕地摘下那顆星。

那顆沒有憂愁只有歡樂底小星星。

那顆含情脈脈溫柔體貼底小星星。

◇◇◇寄給異鄉的女孩／

偷偷地，送給妳，在星星失落底夜裡。

20◇◇◇

公園

夕陽染紅了大地，悄悄地我又來到公園。

常青的松樹飄舞著馬尾底針葉，給寂靜的冬天，奏著一支美妙的「春之戀曲」。平坦的水泥路，雙旁點綴著碧綠的草坪。小草後面躺著一列列忠烈底英魂——這是屬於戰功的象徵。

清晨，當旭日東昇的時候，赤銅色底勇士，奏著耀眼的樂器，陪伴著數以千計底中外人士，輕輕地獻上一束芬芳美麗的鮮花說：「安息吧！忠烈的將士們，後死者的血花已綻開在你們凋落的一刻，爲我們偉大理想的實現！」

黃昏，小腳伶仃的老太婆，領著雙眼紅腫底小媳婦，悄悄地來到墓旁，偷偷的燒一堆紙錢，默默的流一會眼淚……走了。剩下的，只不過是一個熟睡底忠烈英魂。

啊——啊——
勇敢底忠烈將士！
你們的血不會白流！
可敬底忠烈同志！

你們的精神震撼了全世界！

我們將踏著你們的血跡，奮勇邁進！

夕陽染紅了大地，我悄悄地來到公園，爲千古的忠魂獻上我永恒的祝禱。

那朵雲

來到公園，又是落日的時分了。

青青的草地是一張綠色的絨毯，絨毯頂端躺著一位賞雲的姑娘。那姑娘婷婷地；不是一位尋夢者，只是爲了那朵雲——那朵停留在太武山上空的白雲，很像姑娘鬢邊的那朵小茉莉花哩！我說的是指太武山上空的那朵——

玉潔可愛底雲。

寂寞孤單底雲。

驀然，南方翩翩地又飄來了一朵雲，一朵灰色底雲；很像巴士小姐飄渺的裙裾哩！我說的是指南方飄來的那朵——

美麗多情底雲。

沉默憂鬱底雲。

於是，溫情的東風，輕輕地爲他們奏著動人的「愛情交響曲」。他倆，嫣然地笑笑，喁喁地細訴，輕輕地擁抱，靜靜地相吻……啊！那朵雲，很愜意哩！

是朵熱情底雲。

是朵嬌嗔底雲。

啊！啊！雲也懂得愛哩！宇宙真的那麼廣大嗎？我竟那麼地渺小，我所看到的只不過是宇宙一粒小沙！

那朵雲，停留在太武山上空底那朵。

那朵雲，來自南方底那朵。

很愜意哩！

寒風夜

有風，自窗外吹來，吹熄了案頭底燭光。很冷哩，冷得全身發抖。眼前是一片黑。黑黑黑，黑得使我難過；黑得使我想哭，哭中；我又想哭。那颯颯地風聲，彷彿是一連串底細雨，又像是千萬句叮嚀。

風中，我聽到父親嚴肅地說：用錢容易掙錢難，能節省時盡量節省。用錢要用得適當，節省乃是一種美德。

風中，我聽到母親慈祥地說：天那麼冷，你只穿這幾件衣服啊？這件棉襖雖然跟不上時代，但是穿起來很暖和的，趕緊兒把它穿上吧，別著了涼。

風中，我聽到麗姐鼓勵著說：慶弟，成功之道無他，仍屬努力加有恒與信心。世界上許多名人偉人，都是從艱難環境裡奮鬥出來的。努力吧！弟弟，讓我爲你加油。

風中，我聽到梅埋怨著說：怎麼啦，金門待了二十年還不夠嗎？啊，好難請的二少爺，今年到底來不來嘛！討厭。

風中，我聽到谷丹清晰地說：長慶啊，社會就像是一個染缸，缸內有：黑、白、青藍、紅、綠、黃等七色。人，就是一塊白布，當你有意把它染成藍色時，千萬可不能再沾染著其他顏色。交友也是如此，千萬要慎重。

有風，自窗外吹來，吹熄了我案頭底燭光，卻吹不熄我暖熱底心。當我重新燃起燈光時，已是夜後十二時了。而風仍然吹著很冷；冷得全身發抖。雙眼，吃力地睜著；很難受哩！可是我仍要寫，寫到墨水乾涸時，再用淚水潤濕筆尖。

古崗樓外

當這兒底塘水發綠時，當這塘畔底楊柳成蔭時，我又想起妳——古崗！我似夢見去到妳那湖畔，我似夢見去到妳那樓旁。古崗啊！妳真是山明水秀底好地方。

當夏鳥喚醒晨曦時，我又做著過去底夢。可是那些逝去底往事，只有在這巍峨底太武山峰追憶和遙望。古崗！妳多麼值得驕傲與歌頌呵！現在，妳不僅是作家靈感底起點，也是呵！文藝作家爲支援大陸反共作家伸張正義底聖地。昔日太武山峰底「毋忘在莒」，曾激起全國同胞爲追憶田單復國底故事。如作家筆下底莒城，畫家手下底火牛陣，還有那「毋忘在莒」底故事也搬上了銀幕。今日底妳——古崗，可和太武山峰底故事媲美，可讓作家寫出妳神聖底一章，也可讓畫家畫出妳多采底一頁。當古崗樓上底文藝作家談起被迫害底文藝作家和知識份子時，古崗樓上底作者在憤怒，在咆哮。而古崗樓外底一群文藝愛好者何嘗不是也在憤怒，也在咆哮。

自從周揚、范瑾、鄧拓、廖沫沙、吳晗等被毛匪整肅清算後，大陸上底文藝作家和知識份子，就敲響了毛匪底喪鐘。他們怕，他們怕再遭到如此下場，他們深怕無辜底再被魔王宰殺。可是，他們那枝禿了半截底筆，卻永不害怕，永不膽怯。他們還要替千萬同胞鳴抱不平，他們還要替在黑暗中摸索底同胞撞擊出晶亮底火花。

今天，我們生長在自由區域底一群文藝作者與文藝愛好者，更應當伸長援助之手，採取有效措施，把槍桿與筆尖組合成一枝長而有力底鋒利武器；把心與血組合成沸騰底篇章，把鐵幕內底反共鬥士聯合起來，把那鋒利底武器對準毛匪胸膛，用我們沸騰底熱血熔化竹幕。

荷塘小語

來到塘畔，又是落日時分。

蔚藍的天空，於落日餘暉底反映下，浮現了一絲光怪陸離底色彩。滿塘荷花，於夏日陽光培育下，逐漸地成長，成長於秋底美景裡。

綠色底荷葉伸長水面，點綴著白色紅色底花兒。形影不離的鴛鴦仍爲荷塘底常客，那五顏六色底羽毛，極美麗又可愛；它們雙宿雙飛，交頸而眠，顯得那麼地恩愛親熱，給予荷塘增添了不少色彩。秋風颯颯地吹過，水面呈現片片碧綠波痕，那凝立底花朵徐徐一動，縷縷荷香芬芳撲鼻。小坐於塘畔，別有一番舒暢感。

逐憶及——在童時，常喜逗留塘畔，癡望綠葉出神，癡望花朵發呆。偶而地伸出手，撳著浮在水面的大荷葉，在碧清的塘水反映下，可瞧到葉背上的層層白光。縮回手，荷葉恢復原狀，無數晶亮水珠，不停地在葉上舞動著，猶如閃耀在藍天底小星星。幾許風兒吹過，那擺動於荷葉上底小水珠，刹時，混合成一粒大水珠。没會兒，那粒大水珠又會分散成無數底小水珠，這變化無常的小玩意，給予我底童年生活增加許多樂趣。

而今，歲月帶走我美麗底童年，那段美麗底往事已成空。暇時雖不常逗留塘畔，而每當黃昏向盡，夕陽西下時，我仍然喜歡環塘小步，欣賞落日時分底荷塘美景。

秋風——譜成底戀曲

一夜淒厲西風，幾度瀟瀟秋雨，那秋——又邁著無形底腳步，悄悄地從夏日耀眼的綠色裡，姍姍地來了。迷濛裡，息息索索，那是馬尾松婆娑底聲息。往日那吱吱輕歌底蟬兒，已悄悄不見芳跡。那尋夢的人兒不知何時已歸去。蕭蕭颯颯，滿谷秋聲，這秋底聲息對我有著無比的親切感。乍見那片片落葉，飄飄然，落下，落下……瞧！這不正是秋風秋雨愁煞人底落葉時節嘛？驀然，那株古老底相思樹下，倚立著一位灰裙白衫底姑娘，那姑娘，披一身秋色豐姿，屬於成熟底悸動。我走上前去，抖落一身迷惘，裝副可掬底笑容，癡望那飄渺底裙裾：

「姑娘，倚立於相思樹下，是期待著心愛底人兒麼？抑是欣賞秋之美景？」

「哦！二者均不，只是出來閒散而已。」閃動著驚異底雙瞳，使個白眼兒，那櫻桃小嘴翹得高高的。

「姑娘，家居何方？於秋之豐收季，仍有閒暇時機？瞧！那赤腳底農人們，肩擔著黃澄澄底稻子，那不是秋之豐收嗎？姑娘不是欣賞秋景，那麼是來尋夢吧！」

「於秋之美景裡，曾經追尋一個綺麗底夢幻。」她低著頭，羞人答答地。

「可以說出來聽聽嗎？」

「也好，讓我在秋風輕吹中，發洩內心的戀情。」抬起頭，抿著嘴，微微底向我笑笑。

颯颯西風，吹縐了滿塘綠水，那一連串啁啾，可就是秋底呢喃哩！蟬聲已沙，蟋蟀不曾奏起秋之哀歌。茫茫然，曾幾何時？竟感染了這份秋之淒然況味！傾聽著，那姑娘，向我敘述一篇動人底愛情故事：

「秋天，是個蕭瑟底季節，也是個令人懷舊憶往的季節。黃昏過後，夜幕初降，那橙黃的月亮冉冉昇起，把一片銀白底色彩塗滿大地。就在那晚於我尾隨底巴士上，我認識了他——我心目中的白馬王子。

「雖然他只是個農家子弟，但從他的談吐，舉止，從他那粗黑的眉毛，端正的鼻子，溫和的眼光，褐色的皮膚，足以令我神飄魂倒。於是我深深地愛著他。

「日子一天天底逝去了，我們的感情也一天天地在上昇著。在一個颯颯秋雨底晚上，我們共同撐著一把棗紅的雨傘，手挽手地走著。雨中，我們傾訴著那永遠說不盡的情話；有時，我們會默默相對著，讓時間在我們腳下默默地流過。我們也會突然地頓住腳步，沉默一會；但沉默並不寂寞，我們的心裡彷彿已被一種什麼情感所填滿。我們的心情更加顯得輕鬆愉快。在那時，他的雙手會輕輕地放在我的肩上，一股男性所特有的熱力逼近我，混合著秋天底憂鬱，直入心脾。一陣陣激情，激盪著我底心扉，全身感覺得熱烘烘的，心頭不停地跳動著。他緩緩的把手臂圍攏來，在我顫慄的嘴唇上，輕輕底吻著吻著……

「就這麼樣，我們感情由長而縮短，由冰點而沸點；由初戀變熱戀。那一連串戀愛底日子，使我更體會到另一種生活意義，更使我充滿了强烈的希望與信心。我曾默默地向上天祈禱，願我們能永遠的熱戀在這塊小天地裡，更願不久的將來，能讓我們雙雙步入教堂，共度甜蜜底小家庭生活。

「那次——彷彿就在昨天，當他吻著我底手，正式向我求婚時，我高興得幾乎要跳起來，我曾經編織一些綺麗底夢幻；如何做個賢妻良母，如何來佈置我們的小家庭，如何……，如何……。可是好景不常，當我把他向我求婚的事稟告父母時，父親答應得很勉强，可是無論如何，要他拿出二萬元聘金，否則休想讓我們結婚。這事我們曾共同商討過，以他一個公務員，那有二萬元可支付給父親呢？我們想出了一個辦法，要父親先讓我們結婚，關於聘金待結婚後，再慢慢的如數歸還給父親。可是這個辦法，非但沒得到父親的允許，反而惹來一場大禍。只見父親把手往背後一圈，雙腳猛力的在地上跺著，然後咆哮說：

「老子辛辛苦苦把妳撫養到這麼大，費掉老子多少血？吃掉老子多少白米？穿破老子多少衣服？妳要跟那小子結婚，我也不是說不答應，而只是要那小子拿出二萬元聘金，這並不是老子獨創風格。何況老子把妳養得這麼大，拿倆個錢來喝喝老酒，也不算什麼大不了的事呵！」

「爸爸，他也不是說不給你，而是現在身邊沒那麼多錢。他說過，待我們結婚後再如數慢慢的歸還給爸爸。何況爸爸也不急著用這筆錢。」

「混帳！混帳！那小子說得好不混帳！老子活了半百多啦！買賣東西還見過賒帳，也從沒聽說過嫁女兒拿聘金也可賒帳。」

「爸爸，你要他那麼多錢，那不等於把我賣給他了嗎？你現在也不愁吃也不愁穿，要那麼多錢做什麼？爲何不替你的女兒想一想呀！」我跪在地上，哭著哀求他。

「起來！給我起來！如不依我的條件做，妳們儘管發昏去吧！別他媽的休想讓——妳——們——結婚！」

「天呵！這是個什麼世界？我怎麼會有這麼一個下場呢？難道我命薄，難道我歹命？不！不！不！我要反抗，我要反抗。這不良的聘金陋習，我要反對這聘金式的婚姻；聯合所有的少女，向政府控告，向社會申訴，我們不要見到聘金式的婚姻陋習。

「天空有些深藍色彩，卻有不少的浮雲飄飛著，銀絲般底明月時露時掩，在雲層堆裡，射出一縷柔情底光芒，彷彿少女憂愁的媚眼，顯現了無限哀怨的神情。秋風吹著落葉的聲音，更增加了幾分悲涼的氣氛。此時此景，在我看來，已足夠慘的了。他握著我底手，神色悽然，偶而地看看藍天，瞧瞧秋月。除此之外，他還帶給我一則好消息：

「貞，我已考取了軍校，後天就得赴臺入學，在這漫長底軍中生活，我會自己照顧自己，我會磨練得更堅强。貞，我親愛的，要爲妳有個當軍人的——我，而高興，而驕傲，而光榮。不管愛是奉獻抑是佔有，不管妳爹如何地反對，我仍然深深的愛著妳的。在我心目中，惟一停留那麼久的，也只因妳是我所深愛的人。但願我將來返家時，能看到家鄉更進一步；能見到那不良的婚姻陋習消除。到那時，那就是屬於我們底天地囉！

「去吧！共匪未滅，何以爲家？天涯何處無芳草，世界那個地方没有女人呢？愛，這東西很微妙。愛，是自私的，絶對是佔有而不是奉獻。我心中所愛的也只有你一人，不管環境如何惡劣，我會克服它的。我會迎接你勝利歸來。何況我們都那麼年輕，並不是七老八十啦！怕什麼呢？在這些日子裡，我會用種種方法説服爸爸的，放心去吧！我需要你，國家更需要你。我會永遠的等著你，等著你勝利底歸來。」

「秋天，這個令人多愁善感的季節，眼看秋風中飛舞的枯葉，耳聽秋葉哀鳴的蟲聲。就在這秋底季節裡，他走了，走進革命的大家庭，參加反共抗俄底行列。」

秋風陣陣吹來，那碧綠底太武山峰逐漸呈現蒼黄之色。那些可愛底花兒禁不住秋風底吹迫，都已憔悴失色。惟有那燦爛的菊花，在淡淡底秋陽下，勇敢地和那秋風秋雨對抗著。那美麗的姑娘呀！真情底吐露她的戀曲，她勇如菊花面對秋雨；她勇如壯士面對現實，她深明大義反抗陋習。一心一意底期待著，期待著她心愛人兒的歸來。

一夜淒厲西風，幾度瀟瀟秋雨，那秋——又邁著無形底腳步悄悄地從夏日耀眼的綠色裡姍姍地來囉！迷濛裡，息息索索，滿谷秋聲，這秋底聲息對我有著無比底親切感。曾幾何時，竟感染了這份秋之悽然況味。那尋夢底人兒不知何時已歸去。惟有我，站在這多情底相思樹下，獨自欣賞。這秋底悽然況味，傾聽秋風譜成底戀曲。

我們原也不過是太空中的一粒塵埃，根本算不得什麼，可是一經時代的眞光照耀，也就會多采多姿，給自然界平添無限的美景，給人間留下永恆的懷念。

祭

一

今天是一九七〇年清明節。

午飯後，我援例地要帶惠貞到她母親的墳上致祭一番。十二年來，無情的歲月雖然在我鬢邊增添了不少銀白底色彩，但佩珊的影子並沒有隨著歲月的腐蝕而在我腦海裡磨滅。

若以人生的觀點來說，顯然的，佩珊對它的看法似乎太悲觀了點，始終擺不脱凝結在內心的鬱悶，逕自走向自絕的途徑。而今，歲月已輾過第十二個春天了，人們對她的印象也逐漸地模糊……甚至連她那十七歲大的女兒也無能爲力地在腦海裡浮起一絲完整的記憶。二十八年的生命所換取而來的只不過是一個永遠洗不清的妓女頭銜與一堆逐漸腐蝕的白骨。是的，活著對她是一種悲哀；然而，死亡果真能求得解脱嗎？這就要涉及到人生的另一個問題。

我無聊地燃起一支煙，佩珊的影子更加清晰地展現在眼前，我不知道這是否就是凡人所謂的「陰魂」；或者是上蒼有意將往事的序幕啓開？果真如此的話，我願意盡一位演員的職責，把這齣已啓幕的戲演完，雖然我在裡面飾演的只是一個微不足道的角色，但如果沒有我，只怕這齣戲到一九九九年還不能與觀衆見面……。

二

那年，我三十九歲。

隨著新經理的上任，我被調到離島的一個茶室當幹事。在學校我是學商的，但缺乏興趣，故一直沒把它學好。五年前當我從另一個異鄉輾轉至此而正陷於失業的困境時，不得不取出那昔日不被重視的文憑，在茶室謀得一份工作。雖然微薄的薪給只夠維持我個人的生活，但在一位經年漂泊異鄉的旅人來說，有一個暫時歇腳的地方，對他該是一種極大的慰藉，何況在異鄉，我並沒有做著成家立業的幻夢，只希望有一天能回到我底家鄉，看看那白髮如霜的爹娘。然而，時間永遠是計算的重複者，五年就那麼輕易地逝去了，它所賜予我的，只不過是那份拂不掉的鄉愁……。

就以世俗的目光與傳統的觀點來說，在茶室工作的人，或多或少總會和侍應生一樣的被披上一件不太雅觀的外套。尤其是一個生性孤獨的中年人，無論從任何一個觀點都無法與那些歷盡滄桑的風塵女子處在一起的。然而，爲了生活，爲了生存，我不得不向現實低頭，也不得不違背傳統。

新單位設在山腳下一幢水泥砌成的平房，與原先的單位並沒有什麼特殊的差別。六個小小的房間號編成六個紅色的房號，門口大小不一的鐵皮水桶都覆蓋著面盆，桶邊灰色的三角架懸掛著「三花」或者是「祝君早安」的毛巾，從那黃色的斑點裡，散發一般廉價的香水味，同是以賺錢爲目的，但這是異於一般商店的地方。庭院的右側有條水泥砌成的水溝，淡黃色的草紙在水裡泡成小小的一片片粘在污穢的週圍，這就是人生生活的另一面，也只有生活在其中的人才能體會出它底滋味。

人，對於時間的逝去一直找不到一些具體的詞句來形容。在我的感覺裡，它彷彿是水溝裡的小紙片，舊的剛沖走，新的又來；只要時間不倒轉，這種職業將永恒的存在，也注定一些不幸的人們要步入此一後塵。幾個月的相處，雖然不能完全瞭解六位侍應生的個性，但我卻從其中發現了一位特殊的人物，她——就是佩珊。

佩珊並不美，臉上不但有幾塊疤痕，腿也有點兒跛。然而，我們審美的觀點並不只建立在一個人的美貌上，何況人面又是最善變的。我們想要認識一個人，必須在她的容貌之外尋找，美的形體只不過是生命中最短促的一段。雖然上蒼賜予她一副醜陋的面孔，但她卻是票房最高記錄的保持者。誠然我不是女人，不能分析此中底因素，但我敢保證，一顆熱忱服務之心是不可缺少的。果真說成功對她的職業是一種諷刺，那麼這世界不知還要增加幾位變態者，這屬實是旁人無法理解的問題。可是，她的眉頭始終冰凝著一個解不開底結，絶不是憑著票房最高記錄就可彌補的。常常在夜裡可聽到她那不滿身世的囈語，怎不叫人也悽然淚下呢？唯一能慰藉她心靈之創傷者，只有她那天真無邪僅只五歲的女兒——惠貞。這個可憐的孩子，不知是那一位顧客遺留下來底種子？爲什麼一個純潔的靈魂會誕生在這塊醜陋的地方？我真不明白這世界真還有什麼註生娘娘的存在。佩珊似乎也没注意到她已達到懂事的年齡，以及自己的身體也不適合於如此的職業。當然，以她目前的儲蓄來度一生是不夠的，但我們應該相信：環境雖然能改變一個人，但它畢竟是人所創造的！無論從那一個觀點來説，都應當有個打算才對得起自己底良知。然而，每個人都有自尊心（妓女豈能例外），或許我的思維已超出了她的知覺，這些話我一直隱藏在心底不敢傾吐出來。

三

海島的三月仍然很冷，隨著三月而來的是「婦女節」。上級爲了慶祝此一節日，特准休假一天，並發給每位侍應生五十塊錢團體加菜金——這在她們看來似乎太寒酸了點。爲了表示對此一節日的重視，我特地從「特臨費」項下撥發二百元參與加菜，並徵求她們的同意，在當日下午五時舉行會餐。雖然我不知道此一措施是否能博得她們的歡心，但對於這個節日，我已盡到最大的職責，甚至爐前灶後跟著忙著。倒是她們都鎖緊著眉頭，顯得極端寂寞的樣子，這或許與她們平日的生活有關，一旦有片刻的休閒，腦裡常會浮起自己淒涼的身世與渺茫的未來，這股無處傾訴的辛酸淚，只有偷偷的滴在枕邊，讓它串成一個古老的故事。

臨近五點，我囑咐管理員到每一個房間做一次禮貌的邀請，並不是爲了想討好她們，而是在這個屬於她們自己的節日裡，讓她們能真正體會到團體所給予她們的溫暖；何況這又是人類的本性。我站在飯廳門口，一一的迎著她們入座，小屋又恢復異於剛才的氣息，充滿著快樂和希望。接過管理員手中的酒杯，我顫抖著興奮的唇角說：

「諸位小姐：

在未舉起這只杯子前，我彷彿有許許多多的話想說，可是當我舉起它時，我的手在顫抖，我的心也在顫抖，我並不能說出一個正確的理由來爲自己辯護，只感覺到這是我在異鄉生活得最有意義的一天，因爲它使我重溫昔日的舊夢。誠然這裡並不是我們的故鄉，但人與人之間的情感並不與地域的區別有絕對關係的。今天，我們都能拋棄那些庸俗的成見生活在一起，這是多麼值得慶幸的一件事。當然，這裡並不是我們久居的地方，諸位小姐腦裡都蘊藏著一個遠久的美夢，但願隨著婦女節的來臨，能帶給妳們無限的幸福和快樂！現在讓我敬大家一杯。」我仰起頭，一口氣喝完滿滿的一小杯，那棗紅色的酒液像似是從我心中溢出來的血。面對著這些歷盡滄桑而佈滿著蒼白的面孔，我感到心悸。

「謝謝幹事。」這異口同聲的聲息，絲毫沒有半點虛僞與勉强的意味，也只有從其中才能看到人性本來的面目。

一杯酒下肚後，大家的談笑聲似乎也多了起來，尤其是佩珊，更是一反往常，顯得極端快樂的樣子；一個人情緒的變化彷彿也只憑藉著霎時的愉悅就可造成的。

「幹事，說真的，我們只知道有個婦女節，卻不知道它是怎麼來的?你能告訴我們嗎？」佩珊極其認真的說，所有的目光都集中在我身上，像似在期待著我的答覆。

「那是民國前三年三月八日，」我幽幽地說：「美國有個婦女團體，爲了要求男女平等待遇，在芝加哥城舉行遊行示威，並組織婦女運動聯合會，到了民國二年，國際婦女在丹麥京城哥本哈根開會，提出男女『同工同酬』、『保護母性』之要求，會中偉大的婦女領袖蔡特金女士提議以每年三月八日爲國際婦女節，經大會一致通過，定名爲『三八』國際婦女節，這不但是一個光輝的日子，也是一個很有意義的節日。」我微微地頓了一下：「時間過得屬實太快了，一年一度的婦女節就這麼匆匆促促地過去了三分之二，怎不叫人有一種茫然的感覺呢？」我搖搖頭，感慨萬千地說。

「是的，時間過得實在太快了，我們也將隨著婦女節的消失而多當了一年妓女；多體驗了一年妓女生活。」佩珊傷感地說。

「不要這麼說，佩珊，世界上絕對沒有天生的妓女，若果真有，那只不過是一種職業吧。」我開導她說。

「可是世俗的目光絕不會饒過我們的！」她激動地說：「甚至我純真的女兒也將因我的存在而蒙受到世人的凌辱。」

「不，妳千萬不要有如此的思維和想法。」我緊張地說：「這根本與孩子無關。」

「但她卻是世俗所謂的『雜種』；『妓女』的女兒；沒有『父親』的孩子。」她更加激動地回答。

我無語。我似乎再也找不到一些更具體的詞句來開導她。有的只是我對原先愉悅氣氛的破壞。爲什麼她此刻會有如此的思維呢？難道是濃烈的酒精刺傷了她的神經？我一口氣飲乾了滿滿的一杯，好想從那些棗紅色的酒液裡取得一絲答案。然而，它除了能麻醉我的神經外，並不能給予我一個圓滿的答案。

夜來了。她們也相繼地離桌。只有佩珊擁著欲睡的女兒痴痴地坐著。微紅的臉在燭光的映照下，顯得更嬌豔。她沉默了好一會兒，而後低著頭，摸摸孩子的臉，淚水像決了堤的河水，不停的在眼裡湧溢著。

「幹事，」她哽咽地說：「我有一個包袱，不知能不能暫時寄存妳一下？」

「只要妳信任我，佩珊，不要說一個，就是十個我也會好好的替妳保管。」

「妳的答覆太使我滿意了，五年來我一直找不到一個可靠的人，今天，總算達成我的願望。」她苦笑著從椅上站地，「時間也不早了，我們休息吧！」

這晚，我睡得格外的香甜。一個人隨著年齡的增加往往會減少睡眠的時間。今晚能有如此的成績，我不得不歸功那幾杯酒，至少它能使一個經年漂泊異鄉的中年人，得到片刻的安寧。

壁鐘敲過五點後，我被惠貞一連串的哭聲吵醒，窗外黑漆漆的一片，午夜突來的風雨似乎越來越大了，而她的哭聲卻斷斷續續一連十餘分鐘沒停過，我真不明白佩珊爲什麼不起來哄哄她，如此的哭聲果真能睡得著嗎？或許是她的酒喝得比我還多，享受寧靜的時刻也較我之長。在這風聲、雨聲與哭聲交錯而成的調子裡，像似不是幸福的預兆，而是悲凄的音韻。驀然，一陣急促的敲門聲與呼喚聲響徹我的耳鼓，我急忙披衣而起，順口說了一聲：

「什麼事呀？雅芳。」

「不好了，幹事！」她的聲音顫抖而沙啞。

我急速的推開門，黎明僅有的那絲曙光也被風雨所吞蝕，一個不祥的預兆在我心頭成長著。

「佩珊她，她……。」她結結巴巴地說不出話來。

我没等她說完，逕自往佩珊的房裡跑，所有的人也聞聲相繼地趕來。然而，已遲了。

半瓶醫用碘酒已逐漸使她遠離人間，二十八年的生命就此結束。可憐的惠貞將成爲永恒的孤兒，旁人除了能爲她多流幾滴傷心的淚水外，並不能使她的母親復活。

我無語地走近她身邊，喃喃自語地說：

「是的，孩子，妳要哭，妳要爲著妳死去的母親痛痛快快的哭一場！」

從床上取下一條白色的被單輕輕地爲她蓋上，我的淚水已情不自禁地順著眼角上的皺紋落下來。安息吧，佩珊！不管妳交給我的包袱有多麼的沉重，我會成全妳底願望的，任憑走到天涯海角，也將是我甜蜜的負荷。

含淚地移動著腳步，雅芳已默立在我眼前。她顫抖著手遞給我一個小紙包，封面清晰地寫著：「交給幹事」四個字。我急速的撕開封口，一顆方型木質印章滾落在地上，我顧不得先點數那疊鈔票與先看存摺上的數字，那一張淺藍色的信箋，逐使我有先看它的動機。

幹事：

我走了。走向人生旅程的另一端。誰敢肯定地說我走錯了方向呢？人的理智往往在酒後顯得更清醒，我相信我的眼睛會很安逸地合上的。誠然我的身子不清白，但我一直相信：我的心靈是清白的！雖然我不該爲著自我底身價而吶喊，但又有誰能體驗到我成長中的旅程有多麼的辛酸呢？一般看來，妓女與養女常有切身的連帶關係，但不盡然；一個人不幸的遭遇往往與家世無關。或許你極想知道我的故事，但爲了不願給孩子留下一絲惡劣的印象，我只能以「十六歲以前是幸福的，十六歲以後是不幸的」來作爲故事的開端和結束。別了！幹事，我並非不眷念這個世界，活著畢竟是可讚美的，何況還有我的女兒。將近一年的相處，你的爲人深爲衆姐妹敬佩，在歷任的幾位幹事中，都有不付出任何代價而以職權在我們身上取得某種解脫的弊端。往往白天要應付外來的客人，晚上還得歷經他們的蹧蹋，老牛在犁完田後還有休息的時間，而我們竟比牛還不如，不但得不到休息，還要受到精神的威脅。在幾任幹事中都具備著雙重性格，一種是人性，另一種是獸性，也只有你，才是人性的象徵！基於此，我毅然地把惠貞託給你，我相信你會好好的養育她和教導她的。我深知以我歷年的儲蓄是不夠供給她的教養費，但我肯定的相信，你是不會計較款數的多寡而拒絕我底請求的。而且我希望你能帶著惠貞遠離這個環境，因爲我不幸的遭遇不能讓孩子感染到，這是我最後的請求。別了，幹事！我祝福你，也祝福我的孩子……。

佩珊　絕筆

看完信，我激動地抱起惠貞，她的哭聲也因此而加大，我不明白她是因悼念母親的死而哭的，還是小臉被我粗硬的鬍鬚刺痛而哭的。屋裡充滿著陰沉與悲傷的氣氛，人死是不能復活了，只有寄望於下一代……。

四

想到此，惠貞突然打斷我的思維，提著滿滿的一籃祭品從房裡出來，嬌嗔地說：

「陳伯伯，我們還是早點去吧，你不是說祭完媽的墓還要帶我去買書。」

「是的，惠貞，我們早點去，雖然只是一個形式，但卻是我們對已故親人底一種敬意。」我移動著腳步說。

抵達佩珊的墓園，她卻出乎以往的沉靜，已不再伏在墳上失聲的痛哭。當我把祭品擺滿墓桌，點燃香燭後，她逕自的立在墓前，雙手合掌，默默地唸著：

「媽，時間過得好快喲，今天已是妳離別人間的第十二個清明節了。十二年來，我在伯伯慈祥的溫馨裡成長和茁壯。若果你在天有靈，在地有知，那麼請你賜福於伯伯吧！」

我走近她身邊，摸摸她的頭，十二年前的情景依舊清晰地在腦海裡浮盪著。

「安息吧；佩珊！縱然歲月染白了我的頭髮；縱然風雨腐蝕了我的身軀，惠貞仍然是我人生旅途中最甜蜜的負荷。」

後記：

一九五五年四月（佩珊死後的次月），我請准了長假，拖著疲憊的身軀從離島回來，在清靜的許白灣附近租了一間平房，生活經過時間的腐蝕也逐漸地安定，我以勞力開墾了幾分旱田，種了點菜，養了幾隻雞鴨，過著與世無爭的農民生活。惠貞也在附近的小學就讀。十二年來我不敢有過多的夢想和企求，只期望能養育惠貞成人，以慰九泉之佩珊。然而，我的身體已隨著年齡的增長而逐漸地衰退。一個五十二歲的白髮老頭，儘管他還能活二十年，但他卻要因年歲的增長而失去工作的能力。惠貞今年才十七歲，試想：一個高一學生她能懂得什麼？更不能理解到一個老年人的心情……。

五九年雨季脫稿於太武山谷

蜕

一

打開人事課的呈核卷宗，我援例地要在句尾右邊用紅筆標上一點，這是我近年來核閱公文的習慣。

主旨：營業處六等二級出納員遺缺擬由許麗姍遞補，恭請鑒核。

說明：一、原出納員何美娟請辭經奉站長（五九）純淨字第三二四七號令核准在案。

二、查許員高商畢業，曾任業務課僱員多年，對理財經驗豐富，擬准優先任用。

三、謹檢呈許員「戶籍謄本」、「保證書」、「安全調查表」各一份，奉核准後擬稿（如附件），恭請核判。

不可否認地，這僅是一張極普通的簽呈，一個請辭，一個遞補，原是一樁微不足道的小事。然而，我所感到奇異的並不是這些，而是以許麗姍的學養，是否能勝任這份經管錢財的出納工作。

我緩緩地放下筆，數年來，雖然往事已被歲月的酸素腐蝕掉，但在强烈的尼古丁薰陶下，一千多個日子前的事，彷彿僅在昨天，總是那麼深刻的印在我底腦海裡。

我輕輕地彈了一下煙灰，首先被我從記憶中彈出的影子，她，就是——麗姍……

二

民國五十四年六月，經過一連二天的職工晉等改叙考試，我以九二·六的總平均分數，從第六供銷部主任擢升爲站裡出缺甚久的業務課長。這個級職不知羨慕了多少人，從事地下活動的也大有人在，但終究逃不過老站長明亮的慧眼。我並非在標榜我的能力，相反的，一個沒有學歷的孩子，他所付出的代價往往要超人幾倍，這是不可否認的事實。

幾次請示，站長准予我七月一日才正式上班，對於如此繁瑣的新工作，我感到有點兒恐慌。然而，數年來一直隱藏在我心中的也只有一句話：不管它開不開花，結不結果，澆水總是我的職責，我必須有園丁默默耕耘的精神！

爲了便利一日的上班，三十日下午，我駐進了課長寢室。人都是一樣，每當換一個新環境，總有幾分不自在的感覺，一張張陌生的面孔令我心悸。安頓後，我步履蹣跚地穿過長廊，擅自走進業務課，職工們對於我的出現並不感到驚奇，彷彿是必然的。

我在一張較寬大的桌旁停下，右角安然地放著一個三角型的藍色塑膠板，白色的「業務課長」神聖的對著他們。是的，這就是我的座位，雖然有一把舒適的椅子，但也加重了我的職責，不管如何的艱辛，我將全力以赴。

驀然，一個穿著時髦的少女姍姍而起，長而烏黑的髮絲，散亂地披在肩上，她睜著圓圓的雙眼，仔細地打量了我一番，而後笑瞇瞇地說：

「你是新來的工友？」

我微微地點點頭，十餘位職工隨即抬起頭來看我，對於他們的舉動我並不感到恥辱，相信會比我冒昧地說：「我是新來的課長」還光榮吧。她之所以會如此說，也許有其正當的理由，我没有權利來否定她的判斷。

「你可以明天才開始上班。」她又親切地說。

「是的，謝謝妳。」我說。

第二天，在站長的陪同下，我第二次的進入業務課，職工們一個個相繼地站起來，這純粹是因站長的到來而起立的，何況一個工友在他們心目中的地位更是微乎其微，我又算什麼呢？然而，當站長介紹我與他們認識時，除了感到極端的驚奇外，繼而的是一副與昔日完全不同的面孔，我雖然不能輕率地賜予他們任何不雅的名詞，但不可否認地，這是世俗的通病。

站長走後，我的心出乎以往的平靜。我向綜合課員要了一份職掌表，並逐次的把有關於法令的檔案一一調出來，概略地看了一遍，以致讓我心理上有一番準備。就我所看見的簽稿中給予我印象較深刻的是劉課員，他不但寫得一手工整的字，而且檢附前案；根據法令，把來龍去脈做極詳細的說明，這是一位業務人員所不能缺少的基本條件。

一個月過後，對於業務方面我已逐漸地進入狀況，雖然看不出有什麼成績，但至少可以改變他們原先對我的看法。說真的，我是不懂得擺出一副嚴肅的面孔來顯赫我的級職。在機械似的「主旨」、「說明」後面，大家所希求的是精神慰藉，我何嘗也不是如此。三十餘天的緊張生活雖然不致於影響到我的身體，但人的精力畢竟是有限的，當他的精神得不到解脫時，內心的鬱悶易以引起暴躁的性情。因而，我想盡了辦法，每天在可行的範圍內，抽出一些時間，拋棄那些不必要的頭銜和俗套和他們話家常，也借此機會以無所謂的口吻問許麗姍說：

「我來報到的那天，妳怎麼知道我是新來的工友呢？」

她没有做正面的答覆，只是以她美麗的笑靨來掩飾此刻的尷尬，久久才說：

「妳穿的衣服很像是工友嘛！」

我無語地搖搖頭，原來她所注重的就是這些。人，真是一種不可思議的動物，究竟是人穿衣；還是衣穿人呢?若果我把西裝穿上，或許她會說：「你是新來的站長吧。」固然我的衣著不入時，但人的價值並不只建立在衣著上，更不能只憑外表來衡量一個人。

從她的履歷表裡，我知道我們同居於一個鄉鎮，但她的思想彷彿較我之新，一舉一動都異於一般女孩，不知是優先受到時代的薰陶，還是受到社會的感染。

三

日子往往在安逸中過得特別快，我發覺許麗姍對我有著一種超乎友情與職責的關懷。我後悔沒有擺出一張冷酷而嚴肅的面孔，果真如此的話，不但她的工作會更積極，也不會向上司提出一些公務之外的要求。然而，人非草木，朝夕相處多少總有一點感情的成份存在，何況是一個終年流著血汗的男人，他所希冀的與其說是愛，毋寧說是心靈底伴侶。

年度的第一季結束了，爲了要深入基層，了解各供銷部的營業狀況，站裡組織了一個稽查小組，到每一個供銷區實施突擊檢查。站長授權我負綜合督導之責。第一天我決定選擇較偏遠的許白灣第十三供銷部爲我們行程的第一站。許白灣位於海島的東北面，山路崎嶇難行，但爲了服務基層，仍不計每月貼補虧損，在此設立乙級供銷部。

我們一組六人分別由各課室組成，彼此的心裡都有一份難以言喻的感覺，稽查總是一種吃力不討好的工作，尤其在這個現實的社會，處處都要受人情的約束，誰願意得罪誰呢？而且據說該部主任是站長的遠房表親，基於某些因素的存在，或許會遭到一些公務上的困擾。固然我也有如此的思維，但終究不能在我心中久存，我不能違背上級所交付的任務。

抵達許白灣，已是上午九時了。長遠的旅程，崎嶇的山路，逐使大家感到疲憊。然而，我們沒有作片刻的休息，隨即展開帳務盤查。按編列規定，乙級供銷部設有會計與出納各一人，可是該部主任卻擅自把出納調至門市部，現金由他兼管，不但違反規定，也違背了財務政策。經過一番協議，我們決定查封所有的帳籍，攜回清查。然而，不幸；車子在回程的路中滾落山溝，我已不能意識到周圍的一切……。

第二天從一片白色的夢幻中醒來，我的頭已被一圈圈白色的紗布緊紮著，腿上的石膏沉重得使我無法翻身，我不知道其他的同事是否也遭到和我一樣不幸的命運？

正想間，門緩緩地被推開了，許麗姍提著滿滿的一籃水果急促地來到我床前，在這陌生而孤寂的空間裡，我多麼希冀她能給予我一點精神上的慰藉。可是沒有，一則更不幸的消息由她口中傳進我的耳鼓，李課員被震出車外，當場死亡。我的淚水已禁不住地像斷了線的珍珠，一粒粒流濕了頰上的紗布，我爲什麼要先選擇許白灣？我爲什麼啊！

她取出手絹，輕而愛憐似地爲我擦去眼角上的淚痕，要是死者是我那該多好，我也不會有那麼多的悲悽和苦楚。

我緊緊地閉上眼睛，不讓淚水輕易地流出。然而，我是那麼的無能爲力，二十餘年血汗儲存的淚水彷彿要在此刻流乾；彷彿要在此刻淌淨。我不知道循環在我體內的那股堅强底奮鬥毅力到那兒去了，竟然變得那麼脆弱——好像一個沒有主見的幼童。

她又一次的拭去我眼角上的淚痕，我不明白她到底是爲了什麼，是愛？我沒有那份榮幸。是憐憫？是施捨？這在我都是不需要的。想不出一個正確的理由，悟不出一絲真理，我永遠不會感激任何人！尤以她如此的舉動，要是讓站裡的同事看見，我該怎麼來向他們解釋呢？因而，逐使我心中萌起了一股難以言喻的厭煩。

終於，站長來了。隨行的還有各課室的主官，我的良知迫使我沒有勇氣睜開眼來看他們。

「麗姍，妳也在這兒。」站長慈祥的聲音迴繞在我的身旁，我不知道他們會以一對什麼式樣的眼光來衡量我。

我靜默地躺著，像是一具僵硬的屍體，一連串沉重的談話聲使我感到窒息和悲哀，淚水又像決了堤的河水，流遍了我底面頰……。

四

經過二十幾天的治療，我脫裂的腿骨已逐漸地復元，頭上的紗布也已拆除。許麗姍每天總要來看我一至二次，而且我奇怪她竟能博得祖母的歡心，每次聽她們愉悅地交談時，我心中浮現的，不知是悲？或者是喜？雖然我聽不清楚她們談話的內容，但我能意識出，祖母絕不是麗姍的談話對手。如果我沒有猜錯，在一位經年付出愛心的老人，她迫切想得到的就是外來的慰藉，那些虛僞的辭彙在老人家聽來也是蠻順耳的。

我與麗姍的事很快地就在站裡傳開了，多數的同事都反對我們的來往，竟連站長也如此。當然，他們之所以如此說，是有其正確底理由的，就猶如祖母喜歡她的理由一樣的令人重視，只不過是走在兩個不同的極端。而我，對於一個女孩，除了公務之外，還能說些什麼呢？一切且聽信命運的擺佈。

懷著極端沉重的心情，終於我出院了。祖母也正式託人到許家提親，一切進展均不如原先想像的那麼單純。據說許家，原則上是同意了，但必須附帶一個條件——聘金。在大户人家來說，顯然的，那只不過是人之常情。可是我腦海裡儲存的只是那些足夠維持我個人生活的「主旨」和「說明」，而要幾年才能儲蓄到那筆爲數不少的聘金呢？雖然還有權商的餘地，但「錢」在我，屬實是一種重大的威脅，我不得不向現實低頭。

說真的，對於麗姍，我付出的感情並不多，尤其當愛情與自尊心即將發生衝突時，或許我會逕自往有益於我的途徑走去，何況愛情與幸福並沒有絕對的關係。

當然，我不敢堅決地認爲我底理論是如何的正確，首先遭受的是祖母的指責和反對。她說聘金是俗例，給人家一點算什麼呢？無論如何要把這門親事訂下，我不敢輕率地推翻老祖母的理論，唯一的辦法就是先找麗姍，希望能透過她而改變她父母的想法。

午後，我託請工役送了一張便條給她，約定下班後在溪畔見面，這也是我出院後首次和她單獨在一起。冬天的夜彷彿來得特別早，夕陽只留下那麼渺小的一絲霞光，我們順著溪畔默默地走著。終於，我禁不住內心的激盪，毫不隱飾地把我的觀點向她陳述了一遍。然而，我的話並沒有引起她的同感和共鳴，反而激起她的不快。

「祖母什麼都答應了，全是你自個兒在搗鬼！」她尖聲地說，一般無名的烈火也同時在我的心中燃燒著，我屬實再也找不出一句更具體的詞彙來爲自己辯護。有的只是我心中那股難以言喻的悶火！

「希望妳的話不要傷到我的自尊心！」我的聲音並不會低於她。

「你不要自持清高，你貧窮！你孤獨！我不會跟你受一輩子罪的。」

這就是我們談論的結果，我無語地步上山坡，夕陽留下的那絲兒殘暉也因黑夜的來臨而隱去，我輕微地舒展了一下身軀，仔細的想想，究竟是幸？或者是不幸？

次日，我把自己的構思逐一的分析給祖母和爸媽聽，我寧願遲幾年結婚，絕不輕率地向許家低頭，也相信在這島上能找到一家比許家更好的親事。

五

經過四十餘天的盤查結果，我們已查出第十三供銷部主任虧欠公款十二萬餘元，除了依法向其保證人追索外，失職人員均分別以予撤職或降級改叙處分，站裡的人事也做了一次小小的調整。而不幸，許麗姗在此次異動中被調至許白灣，出任辦事員，在級職上雖然升了一級，又佔上編制缺，但多數員工都不願到這個偏僻的地方去。尤其是許麗姗更是不甘心此次的調動，甚至還公開的說，這是我串通人事課，故意刁難她。對於她散發的言論，我並沒有急著向誰解釋的必要。雖然有辱我的人格，但事實總有讓人澄清的一天，相信多數同事是不致於以另一種眼光來衡量我的。

上班時没見到麗姗。説真的，課裡有她無她都無所謂。實際上她的工作只不過是協助王課員管制一些報表而已，每天工作的時間嚴格説來尚不滿三小時。人，也就是這麼怪，當我們對某一個人有所偏見時，就拚命地揭發她的瘡疤，我怎麼會想得那麼多呢？而且竟會想到這個庸俗的問題。

壁鐘敲過十點後，她才哭喪著臉回辦公室，像似有滿懷心酸的樣子，她俯在桌上沉思了久久，而後來到我的身旁，哽咽地説：

「請問課長，我是爲什麼而調到許白灣的？」

「這是人事課的業務，若果妳想知道我可以代妳查查。」我放下筆，冷冷地說。

「哼，別裝蒜，老實告訴你，我爸爸不答應你的婚事，你卻報復到我的頭上來，你沒有什麼了不起的！」她雙手掩住臉，一股兒地往外跑。

第二天，她沒來上班。過完一星期仍然沒來。人事課簽請解僱她的會簽單已來到課裡，我沒有意見地在上面蓋了章，也結束她二年四個月的僱員生涯。

*　*　*

今年七月，站裡隨著年度施政計劃而擴大編制，在啓用當地青年的原則下，我被擢升爲新增編的副站長。而就在我視事的那天，無意中在當天的報上看到一則新聞，標題清晰地印著：

「莫教多情空餘恨

留臺夢，終成空；綺夢初醒，不如歸來

【本報訊】曾任職某機構多年之少女許麗姍，深受社會不良風氣感染，厭惡純樸鄉村生活，嚮往繁華都市，日夜夢臺北，於年前不顧親友規勸，逕自離家赴臺。自稱謂與一學士成親，無奈學士阿郎非正牌，係警局登記有案之詐欺犯，麗姍深知受騙，傷心之下，毅然返家……」

讀到這裡，我已沒有往下看的心緒，若果這是上蒼對她的懲罰，那麼一切過錯該屬於誰呢？一個受過中等教育的女孩竟會無知到這種程度，這屬實要涉及到家教與社教問題，身爲社會的一份子，都要負起一些責任——連她自己也不例外。

六

想到此，我重新看了一遍簽呈，卷宗上的公文分送單清晰地勾劃到副站長欄裡，我深知這是我的權責，我有權來決定一般員工的任免，取與捨全在我一筆之間。然而，我此刻所顧及的並不是昔日那些私人的恩恩怨怨，而是以麗姍的學養，是否能勝任這份經管錢財的出納工作。說真的，人，多數是自私的，我也不例外。尊重承辦人的意見本是業務主管的座右銘，可是我遲疑了許久，總提不起勇氣來核判這件極其尋常的公文。我的理智像是被一陣報復的意識所吞蝕，一股憤怒的火花在我眼裡燃燒著。

重新打開卷宗，我的情緒已惡劣到幾乎崩潰的階段，一種迫切地想見她的意識也同時在我心頭成長著，我抓起簽字筆，在批示欄寫下：「同來見」三個字。

下午上班時，黃課長帶來一位婦人，她低著頭，聖母瑪莉亞似地坐在沙發上，昔日的青春與傲氣已被歲月的酸素所腐蝕，烏而長的髮絲已有些微黃，髮尾更像榕樹般的長著許多鬚根。是的，歲月不僅能腐蝕一個人的青春，也能改變一個人，雖然她曾在我生命的扉頁裡塗抹一片不符實際的色彩，但今天卻是她新的開始，我沒有權利不給她一個機會——一個創造新環境的機會。

冤家

儘管世界上有多少良緣巧合，但唯一令我相信的仍舊是命運。

一

送走了鬧新房的客人，壁鐘已叮叮地響過了十下。紅色的燭光，映照著簇新的家具，眉羞人答答地坐在我對面，在燭光柔和的反照下，更增添了幾分嬌豔的美。

說真的，以我這個孤獨的個性，竟能和一位極端莊美麗而驕傲的車掌小姐結婚，真是出乎我所料想之外。我不否認世間上有緣份的存在，可是我絕不輕率的相信它。今天命運安排我們的結合，雖太過戲劇化，可是我仍然是歸功於它的，緣份在我的心目中，仍舊渺小的像一粒小沙。

抬頭看看眉，巧而；她也正在出神地望著我，臉上除了應有的嫵媚外，更抹不掉那股兒驕傲的神色。在她目不轉睛的注視下，往事就像浮雲輕煙，一幕幕的展現在眼前……。

二

二年前一個星期天的中午，我懷著極端沉重的心情去參加麗絲週歲的盛宴。麗絲是我摯友賀克信與歐陽淑敏婚後的第一顆愛情結晶品。雖然是個女的，可是他（她）們仍然備了十餘桌的酒席，宴請所有的親友。在政府提倡節約運動的今天，我真不明白他（她）們為什麼還要那麼舖張。難道也是為了那剎時的體面？真使我迷惑與費解！

我是一個極不喜歡參加這種場合的人，可是在克信與淑敏盛情的邀請下，我不得不厚著臉皮來參加。而且還為了一點小心願，是淑敏事先特別交代的：她說她有一個美麗的車掌表妹，叫我別錯過這個好機會。我並不是一個見了女人就心動的男人，而是面對著另一種因素的存在。媽說我才二十歲還早，這我可不敢否認。不過我有我的打算與想法，最起碼結過婚後將是成為最基本的大人了。雖然我的想法有點兒幼稚，但我一方面還是為年老多病的老祖母著想，因為她老人家迫切地想抱曾孫。正當我準備妥當，正要步上行程時，天空卻無故的下了大雨，使我延誤了一班車。抵達賀家時，酒席已散了，客人也相繼地走了。一進門，淑敏就埋怨著說：

「怎麼到現在才來嘛！人家都已經走了。」她說的「人家」當然是指她那位美麗的車掌表妹。

「沒關係，」我強裝笑臉不在乎地說：「她不是當車掌嗎？總有一天會搭上她的車的。」然而心裡卻暗中的罵道：都怪這場惱人的雨。

「噢，對啦！○○五號就是她，只要你多加注意些就能見到她的。」淑敏用安慰而惋惜的口吻說。

三

雖然酒席已散客已空，可是淑敏特地親自下廚，做了幾道可口的小菜。他倆也只管忙著招呼客人，一直沒機會吃點東西。於是我們三人圍著一張小桌子，不拘不束的吃著，克信也特地備了一瓶中號高粱酒，除了淑敏不喝外，我們兩人；你乾我乾的，就這麼愉快地把它全乾了。克信比我能喝，仍然看不出他喝過酒似的。然而，我卻喝得昏頭昏腦滿臉通紅，這也許就是「醉」的象徵吧！克信卻不同意我的見解，他說「酒絕不醉人，而是人自醉」，我不相信他的說法，酒醉就是酒醉嘛！爲什麼會人自醉呢！

吃過後，肚裡好不舒服，一直想吐。於是我只好靠在沙發上，動也不能動一下，睡意卻籠罩著我，不知到什麼時候我竟呼呼的睡著了……。

醒來時，天已逐漸地黑了。雨，絲毫沒有「停」的意思，壁鐘已安祥地指向八點二十分，我不得不做走的打算。然而，克信卻堅決地不讓我走，他說喝酒後不能再淋雨。我沒理會他，不顧一切移動著腳步，我是最不習慣在他人之處過夜，何況還趕得上八點半的尾班車。

「舒舒，房子那麼大，那還怕容不下你嗎？快別走！」淑敏搶先一步的拉著我。

「不了，我還有點事，改天再來。」我意志堅決地跨出房門，昏昏沉沉的，忘了向他（她）們說聲「再見」。

走出甬道口的泥路上，頭覺得清醒了不少，卻有不少珠類似的水滴由髮際上滾落下來。啊！是雨水！我尖聲的狂叫著，仰起頭，像喜獲甘露似的張開嘴；我要讓雨水潤濕我的喉嚨，洗滌我腦中的昏沉。急速的趕到候車亭，巴士已發動了馬達，緩慢地向前移動。我不顧一切的狂喚著：「喂，請等等呵，請等等……。」好心的司機終於緩慢地把車剎住。我猛喘著氣的跑到車旁，車掌小姐也極速地爲我打開車門，一陣疾風掠過，眼前一片迷糊，我猛一轉身地跨上車，剛站穩；卻又被一隻有力的手猛力地推開，上身向前一抖，雙腳失去平衡，差點兒碰到扶桿上。我極端迷惑與憤怒的回過頭，看看到底是誰的傑作。然而，背後站的是那位好心爲我開門的車掌小姐，除了她外，再也沒有旁人了。我迷惑不解地看看她，她卻狠狠的白了我一眼，淚水隨即像斷了線的珍珠，一粒粒地滾落在臉上。而後，又緩慢地彎下身，用手輕輕地揉揉腳背，這才使我意識到是怎麼一回事，原來我竟不注意的踩到她的腳背上。我連忙歉疚地彎下身，用手輕揉了她一下腳背，冷不防；

「哇」的一聲哭出來，右腳順勢地踢了我一下。剎時，車上幾十對尖銳的目光都集中在我身上，一股男性的尊嚴完全消失，我好想請她吃個「火鍋」呵！然而，當我的視線停留在她胸前的名牌時，天啊，她竟是淑敏的表妹，〇〇五車掌小姐。做夢也想不到能在車上見到她。她確實是很漂亮，有一張甜甜而略帶幾分傲氣的小圓臉，嬌而小的體型，襯托著一襲灰色的制服。哭泣時的神情，更可斷定她是嬌生慣養，承受不了任何打擊的千金小姐，雪亮的雙眼，長長的瀏海，嗨！倒也有幾分迷人的姿色。

巴士抵達終站時，下車的旅客都聚集在候車室裡避雨。因此，一絲意念掠過我腦際，我緩慢地走向售票處，在售票臺前見到了她，我連忙舉起手，向她敬了一個九十五度的禮說：

「小姐，對不起：我是無意的！」

她狠狠地瞪了我一眼，又嘟起小嘴「哼」了我一聲。我情不自禁地想笑，就彷彿是一個永遠長不大的小孩子。

四

這件事在我心目中已逐漸成爲泡影了。

有時候我好笑的想著：若果有一天再讓淑敏爲我們介紹時，那彼此不知會有什麼樣式的感覺。可是我一直没向淑敏提起這件事，我相信歌德的話：「愛情是可遇而不可求的」。

雙十節的晚上，我正無聊地坐在辦公室裡看報。壁鐘剛敲過了短短的一下（七點半），突然，會計李明麗小姐匆匆而來，送給我一張「中正堂電影院」的入場券，因爲她臨時有事不能去。她說還趕得上，而且還是一部國產文藝片，叫我別錯過這次機會。說真的，我對文藝有特別偏愛，暇時喜歡看看寫寫，雖然談不上有什麼成就，畢竟也有幾篇作品與讀者們見面。於是我接受她的餽贈，獨自離開辦公室。

中正堂電影院離我們單位不甚遠，只需步行五分鐘的時間就可到達。路過車站時，我情不自禁地又想起那位車掌小姐！那甜甜的小臉，那長長的瀏海，以及那含淚的雙眼，無時不在我腦裡盤旋著……。

抵達「中正堂」時，銀幕上已開始放映著各種廣告幻燈片。漆黑的四周，擠得滿滿的觀衆，加上自己二百多度的近視眼，致使我不得不把入場券交給帶票員，請他爲我引路。

在十七排十八號找到自己的座位。帶票員走後，我必須要從廿號的座前經過，廿號坐的是位女觀衆，本來前後距離已經很狹，再加上她把腿長長的伸著，像似要阻止所有的人從她前面經過。於是我禮貌的向她說：

「小姐，請讓一讓，好嗎？」

她把腿一縮，抬頭看了我一眼。我没看清她是誰，直接的從她座前走過。可是當我的腳從她座前移動時，她猛然地把腿一伸，絆住了我的左腳，差點兒摔倒在地上。我急速的坐回自己的座位，把滑落的眼鏡往上提一提，迷惑不解地看看她到底是何許人也！該不會是碰到鬼吧！可是在漆黑的院内，看不見她是誰，只有輕微而悦耳的笑聲不停地從她唇上傳來，一股男性受辱的怨氣襲擊我，這是我廿一年來第一次受到女人無辜的侮辱。我咬牙切齒地，多麼想狠狠的請她吃個「燒餅」呵！然而，只因爲我是男人，一個堂堂正正的男人，這點侮辱又算得什麼呢！

銀幕上出現了「國歌」二個字，觀衆相續地站起來，我提了提眼鏡，從眼角上偷偷的看她一眼，可是光線太暗，只看到一半甜甜的小臉，我彷彿對它很熟悉，總抹不掉那股兒傲氣，可是始終記不起曾經在那兒見過面。

唱完「國歌」後，我故意的讓她先坐下，好讓我借用暗淡的燈光，仔細的看看她是個什麼樣似的人。她見我久未坐下，奇異地仰起頭，這才使我看清楚她。天啊，不知是命運的安排，抑或是佛家所謂的「緣份」，她竟是淑敏的表妹，那個愛哭的車掌小姐。

坐下後，内心掠過一陣甜甜的愉悦，我應該給她一點小小的顏色看看才對，好讓她知道男人並不是賤骨頭呵！可是左思右想，總想不出一點什麼妥當的辦法。碰她一下也不好，摸她一把也不是辦法。於是口袋裡的香煙觸醒了我，我決定來個小小的報復。

我不是一個煙鬼，也並不會抽煙。這包「雙喜」煙是中午會餐時，主任給我用來招待客人而剩下的。現在正好讓我派上用場，我要用煙來使她又一次的爲我流淚。可是當我抽出一支煙含在嘴上時，卻到處找不到火，實在太令人掃興了。終於，鄰座的老伯，好心的爲我點燃。於是我開始用幼稚的摧淚彈，把頭故意的偏向她，一口口的煙沒往肚裡吞，就直接的往她眼前吐。起初她倒不在乎，還不停地抿著嘴嘲笑著。三支煙過後，她略微地咳了幾聲，心裡一陣愉悅，果真發生了效果。

第四支煙過後，她開始用手帕掠掠鼻尖，還不停地在眼圈來回的拭著。內心反而沒有剛才那麼愉悅，相反地；我倒覺得有幾分內疚之感。可是不管如何，第六支已含在嘴在了，總得把它引燃。然而，當我正在接引時，冷不防，被她用手猛力地打掉，左腿還被她狠狠地踢了一下。

「你的煙要抽到什麼時候才完嘛！」

我欲笑無聲，欲哭無淚地搖搖頭，這個小妮子可真不是好惹的，於是我索性採用另一步驟。在一位漂亮的小姐面前裝啞巴，那真是天下最嚴重的懲罰之一。我故意碰碰她的腿，幽默的提醒她說：

「小姐，可千萬別再踢我唷，當心我也會哭！」

「別裝得可憐兮兮的，踢死了沒人會可憐你。」她好狠心的說。

「不，最起碼會有一個人因我的死而流淚。」我故裝神祕地說。

「誰？」我以爲她會很聰明的不理我，想不到她卻皺皺鼻子好奇的問。

「歐陽淑敏的表妹，一位美麗的車掌小姐。」我笑著說。

「你怎麼知道她會爲你流淚呢？」她迷惑不解地問。

「因爲她是我夢想中愛哭的女孩子。」

「你該不會是在做夢吧！」

「是的，自從見到她後，我時時刻刻都夢見了她。」

「爲什麼呢？」她更加不解地問。

「因爲我盼望她能成爲我的妻。」我厚著臉皮說。

「死不要臉！」她又狠狠地踢了我一下，對這位小妮子俺實在「莫法度」。這場電影彼此都看得很彆扭。尤其是一部文藝片，若沒有把全部感情放進去，跟著她的人物一起笑，一起哭，那絕對吸取不到一點什麼的。直到散場後，腦裡仍舊是空白的一片，像似剛從吵鬧的人群堆裡出來時一樣。來時是一片愉悅；回時卻是滿腦惆悵。臨散場時，我又一次的厚著臉皮碰碰她說：

「小姐，有榮幸送妳回去嗎？」正好散場的鈴聲響起，四週的燈光隨即大亮。她沒說什麼，狠狠地白了我一眼。於是我壯大膽子，輕輕地把她從座位扶起來，我真害怕自己的舉動會引起她尖聲的咆哮。然而，她沒有讓我下不了臺，只是雙頰紅得像四月盛開的玫瑰花，更增加了幾分嫵媚的姿色。我們一直併肩的走出來，走到臨近馬路時，她說：

「你很懂得侍候女人，也很懂得欺負女人。」

「不，在現有的這幾分鐘裡，我不願把時間與無聊的話柄混合一起。且讓我們好好的珍惜它吧！」我極其認真地說。

「你要我怎麼樣呢？」她迷惑不解地停頓腳步。

「爲另一次假日的電影，希望能與妳同行。」

「不，我不能答應你。」

「爲什麼呢？」我急切的問。

「因爲我還沒見到表姐。」

「妳是說淑敏？」

「嗯。」

「其實見不見她也一樣，她早已答應我，要介紹妳做我的妻。」

「你就是這麼一個好不害臊的男孩子。」她羞澀地白了我一眼，極速的往車站跑。

五

「烽煙下的杜鵑」在報上發表後，我收到一位署名叫「張眉眉」的女讀者的信。巧而，她也是金門籍的，對文藝十分熱愛。於是無形中，我們成爲很要好的筆友，她的家住在沙美博愛街，雖然同是一個鄉鎮，但我們仍然從未會過面。起初的幾封信裡，她總是很客氣的稱我爲「老師」，並且時常寄來一些短短的散文要我代她修改。其實我對寫作不過也是個門外漢，即没有相當的學歷，也没有根本的基礎，只靠自己從熱愛中摸索出來的。對於她的恭維我實在受之有愧，何況她的鋼筆字，寫得比我還强哩！然而，我没有令她失望，在兩篇很夠水準的散文，我分別的向兩家雜誌推荐發表，也因此，接到了她更多的恭維和感謝。有一天，我接到她一封限時專送的信，她說：十一月六日是她十八歲的生日，希望我能去參加，若果我不去的話，她說她將會失去了歡樂。

爲了不願令她太掃興，六號的那天，我特地在街上選購了一份禮物，搭上八點四十分的班車，由服務的機關直到沙美。

在博愛街的一幢樓房找到了她的家，想不到開門的竟是一位令我料想不到的女人——淑敏。她極端迷惑與不解的看看我說：

「舒舒，你來找誰呵！」

「眉眉小姐。」我抬頭又看了一下門牌，不錯，就是這裡。我心裡想。

「你不覺得來晚了一步嗎？人家已約好了她的小老師。」

「淑敏，我不知妳此話的用意是什麼？這裡可就是張眉眉的家。」我不解地問。

「是的，是我姨媽的家。」她說著，略微地停頓了一下。

「表姐，是誰來了呵？」隨即，裡面走出一位打扮時髦的小姐。她一蹦一跳的來到我面前。

顯得是那麼奇異與驚訝呵！臉上儘管再塗滿「一斤」的美容霜，身上儘管再穿上什麼奇形怪狀的「阿哥哥」裝，但我仍然可以一眼就辨認出她——她不就是淑敏的表妹嘛，那位愛哭的車掌小姐。

她出神地看著我，雙手插在腰際上，鼓起紅紅的雙腮，嘟起小嘴，神氣十足地說：

「你找誰？」

「張眉眉小姐。」我冷冷地說。看她那股兒神氣的模樣，我真想轉身就走。

「你找她做什麼？」她迫人地問。

「是她約我來的。」我不高興的說。

她驚奇地一楞，睜著一對水汪汪的大眼睛，向我皺皺鼻子，仍然掉不脫那幼稚而驕傲的神氣。

她頑皮地伸伸舌頭，報以我一個甜甜的微笑。

淑敏搔搔頭皮，不解地看看我，又看看她。而後才嬌嗔地向我說：

「原來陳亞白就是你呀！」

我點點頭，苦澀的對她一笑。

「亞白，請裡面坐吧！」眉眉微微地彎著腰，扮副鬼臉，羞澀地碰碰我說。

我輕輕地拉起她的手，深情地對她一笑。

「人生，就是如此，總有一些意想不到的巧緣。」我自言自語地說……

……

……

六

想到此，眉突然打斷我的思源，嬌嗔地說：

「舒舒，你在想什麼？」

「想我們的過去。」我說。

「你覺得好笑嗎？」她走到我身旁坐下，把臉輕輕的靠在我的胸前。

「不，好笑的時候已經過去了。眉眉，但願我們能共同的揚起生命之帆，航向人生更有意義的道路上。」

「也許我會使你的負擔更重。」她認真地說。

「不，只要妳肯生活在我心湖的小舟上，妳將是我最甜蜜的負荷。」

「啊，舒舒……」她把臉緊緊依偎在我胸前，淚水像決了堤的河水，不停的在眼眶裡湧溢著。

「眉，妳是不願意和我生活在一起嗎？」我輕輕地撫摸她的頭，心中湧起一陣莫名的茫然，一片碎石在我心頭阻塞著。

「不。」她更傷心的啜泣著，使我意想到女人如水這句話，現在不就是一個很好的例子嗎？

我輕輕地拍拍她的肩，柔聲地說：

「別哭了，小冤家，當黎明的鐘聲響起時，我們還得繼續走完那充滿荊棘的人生旅程哩！」她仰起頭來，含淚地接受我深情的一吻。這不就是生活另一種意義的體會嗎？有生命，就有生活；有生活，就有命運，緣份只不過是刹時的愉快而已。

別哭了，小冤家！請再接受我深情地一吻。且聽一聲：我愛妳！至死……甚至永恒。

舊情

射出最後一發子彈，我以最快的速度離開射擊臺。

找到一處能避風的草地坐下，身體像似通過了一道暖流，很舒服。

記得上午離家時，太陽猛烈的照著大地，到處熱烘烘一片，連一點寒意也沒有——簡直就跟夏天一樣，可以穿著單衣做活。而現在呢？只不過才歷經了六小時的光景，到處就變得陰沉沉，風又那麼大地刮著，像似夾著幾千道寒流而來，凍得人們縮著頸子直抖著。

我真後悔早上不該脱掉那件毛衣，假若給凍病了，那才慘哩！

近些日子來，我像生活在痛苦的孤寂裡。從民防集訓的第二天起，我發覺了這個鬱結在心頭的疑問。

在太武山谷，每逢有點暇時，我總是喜歡把自己關進一個小小斗室裡，享受片刻的寧靜。而今，來到集訓大隊，眼前呈現的均是那吵鬧的呼喚聲，嬉笑聲。除了上課能給予片刻安寧外，暇時我完全沉默在孤寂的深淵裡。我多麼希望集訓能在明天就結束啊，好讓我回到寧靜的，像隱藏在深山中的小清溪底山谷，從事我的領班生涯，閱讀有關於文學上的書籍，抑或是填填稿紙上的格子。在山谷中的日子，那是多麼的有意義啊！

剛接到集訓命令時，我曾經有一霎時的喜悅，好讓我開開眼界，多接觸幾位朋友。然而，我失望了。當我懷著一顆真誠的心想與他們結爲知己時，在其中，我卻發覺了一個嚴重的問題——志不投，道不合。例如在課暇，我常逗留在書店裡，東翻翻，西看看，想從書中求點知識。而他們呢？我的一些朋友們，每逢暇時，他們卻喜歡打彈子。爲此，我感到很傷心。然而，人總是不能離群而索居的，於是我渴念友情比任何人更迫切。可是愈是渴念友情愈使我更孤寂。於是每逢暇時，我都是消磨在書店裡，任憑只是看一頁也好。在書中，我不求能得到多少知識，只求心靈有所慰藉。

小鎮一共才兩家書店，第一家距課堂近一點，於是每逢課暇我總是踏著寂寞的腳步往店裡走。而當我第八次的出現在店老闆面前時，他很不高興的說：

「年輕的朋友，書店是爲賣書而設的，圖書館才是看書的地方啊，你每逢課暇就跑來窮翻窮看，把我的書都翻髒了，也不買一本，這叫我生意怎麼做？」我緋紅著臉，狠狠地盯了他一眼，猛一轉身走出店門，眼淚卻像拉斷了線的珍珠，一顆顆地滾落在臉上。

次日，我懷著沉重的心情，準備走進距離課堂遠一點的另一家書店看看，也許老闆不會像第一家心地那麼狹小。然而，當我走到店門口時，一個婀娜的藍色背影吸住了我。我停頓了腳步，沒有再往裡走的勇氣。我承認自己是一個沉默的男人，不該爲了想從書中得到一些什麼，而鬧得滿城風雨的閒話。我更害怕一些頑皮的學員指著我的鼻尖說：舒舒，你根本就不是來看書的嘛，你只是假借看書的名譽而來泡小姐的。爲了避免這些閒話，趁著那藍色背影還沒有發覺我之時，我應該趕快離開這個地方。我不想得到什麼，我不想得到什麼！我寧願沉默伴寂寞，我不願聽到有一句損我自尊的閒話傳進我耳裡。

想著，想著，眼睛像有點兒倦意，於是我把頭俯在臂彎裡，也許是太過疲憊，我竟呼呼的入睡。

迷濛裡，我像似聽到一連串的女人聲音：

「他像似很孤寂，很沉默。」

「妳認識他嗎？」

「他是我嫂嫂的堂弟。」

她們是誰呢？多麼陌生的聲音，我一點兒也不認識，難道我是做了夢，該不會吧！於是我睜開眼睛，從臂縫裡偷偷地看了她們一眼。果真是二副漂亮而陌生的面孔。她們到這裡幹什麼呢？難道也是來避寒的。

睡過一陣子後，頭腦像似輕鬆了不少，而身心卻顯得分外地冷。一陣陣無名的寒意不停地從心頭翻湧出來，上牙與下牙也猛烈地顫抖著，我趕緊把衣領往上一拉，把頭一縮，可是仍避不了刺骨的寒意。

驀地，一聲嬌嗔的清叱，把我從顫抖的寒意中裡拉回了現實。

「舒舒，你不認識我啦？」

「妳怎麼知道我的名字呢？」我驚異地問：「我一點兒也不認識妳啊！」我說的語氣很重很難聽，心裡卻這麼地想著：沒有討好她的必要，何況我一向是不懂得侍奉女人的。

「我不但知道你這個名字，而且還知道你另外的名字。你不認識我，也許是你在外地工作得太久之故吧。」她仍然和藹地說。

「不，我雖然在外地工作但也常回家啊。真的，我一點也不認識妳，也許是看錯人吧！」我堅決地說。

「哼，看錯了人。四年前的那段情，也許你早已把它忘了。」她收回掛在唇角上的笑容，但很嚴肅地說。

「那段情？」我顯得一片茫然：「莫非妳是——……。」我從腦裡不停地思索著，可是仍然記不起她是誰。

「舒舒，難道你真忘了。你忘了四年前帶著彩鳳上山摘花，下海拾貝殼嗎？你忘了我們在月光下漫步，在黑夜裡談天嗎？你忘了。你忘了！舒舒，你果真把它忘了。」

「彩鳳，彩鳳，妳真的是彩鳳嗎？」我喜悅地從地上站了起來。我忘了剛才的寒意，我忘了以往的孤寂，我忘了宇宙的一切一切。我跑上前去，緊緊地把她擁著：「彩鳳，我沒有忘，我只是不敢承認妳。四年前，四年前的一切一切仍然盤旋在我腦裡。可是妳變了，由小丫頭變成大小姐。想必追求妳的男孩子一定很多，是嗎？」

「舒，難道到店裡看書買書的客人都是追我而來的嗎？四年前我追尋一個美麗的夢，四年後我仍要追尋到底。幾百個日子裡，夢曾陪伴在我身邊，它曾偷偷地告訴我說：彩鳳，妳追尋的那夢，雖然目前的職業令他不滿，可是他並沒有自甘墮落。他用功的讀書，瘋狂地愛著文學，他只是太孤寂，沒有屬於他的知己陪伴著他。環境養成了他的孤寂，養成了他的沉默。努力吧！彩鳳，這個夢永遠屬於妳的。只等待妳去追尋。於是我聽夢的話，不停地追尋著。有一天，我發覺了一個孤寂的影子從我眼前掠過，誰知他只是頓了一下腳步，沉默一會就走了；他帶走了我的喜悅，帶走了我的微笑。夢曾說過：彩鳳，妳太癡情了。然而，我並未曾失望過，過後不久，夢告訴了我一則好消息，它說：彩鳳，在今年的集訓裡，妳們大隊上也許會多了一個孤寂的怪人，他，就是妳朝思暮想的人兒，把握住機會啊，彩鳳，用妳藍色的髮帶緊緊地繫著他的心，莫讓他跑了。用妳的愛啓發他的心靈，莫使他太孤寂。而今，終於讓我尋到了——我的夢。」

「彩鳳，妳……。」眼前像斷了線的小珠珠，一粒粒不停地往臉上滾著。想不到四年前的一點情意，仍能令她相思。

「我真不明白，你爲什麼要那麼地沉默與孤寂？」她深情地問。

「不，我並不孤寂，在山谷有我的朋友，有我的書陪伴我。只是遺憾來到集訓隊裡，沒有一個屬於我的朋友。」

「你迫切地渴念友情嗎？」

「嗯。」我神色淒迷地回答。

「容我獻上這份情意，在雨中，我願爲你撐傘；在夜裡，我願爲你提燈。」

「我不要那憐憫的施捨。」

「不，這不是憐憫，這句話在我心靈深處已隱藏了四年。」

四年。四年。啊，在我人生的過程中，我第一次聽到這句話。我覺得很冷，全身沒有一絲兒暖氣。我在顫抖，我不停地在顫抖。我沒有那份榮幸接受這份深情的盛意，任憑只是一點點也好；我完全沒有那份榮幸。我不願連累到一個純潔的少女，陪伴我度著寂寞乏味的日子。我不是無病呻吟，我的淚就像晨時的露珠，經過陽光的撫吻，一滴滴的往草地上落。

「看你，全身沒有一點兒暖氣，快把毛衣穿上吧。」一雙溫暖的手輕輕地爲我拭去淚痕。當我從迷濛中驚醒時，一件藍色毛衣已披在我的肩上。

「快穿上吧，看你顫抖得那麼厲害。」

「我說過，不要那憐憫的施捨。」

「誰憐憫你啊，我爲什麼偏要憐憫你呢？你說爲什麼呢？我只不過要你把它穿上，我没有說是憐憫你呀！聽話，快穿上吧！」她的聲音像轉變中的音符，有高，有低，有憤怒，有溫柔。我能再辯些什麼呢？一瞬間，我所有的倔强，孤寂，完全被她的眼神所同化。我變得像隻迷路的小綿羊，百依百順的順從主人，她要我把毛衣穿著，她要我不要離開她，她要我每逢課暇到她家書店裡看書，她要我不能再孤寂，她要我樂觀快樂。我點頭答應了。

「這才像話。」她得意的笑著。

下課在我迫切的期待下終於來了。

別離了彩鳳，我步履蹣跚地往回家的路走。腦裡卻不停地浮出「在雨中，願爲你撐傘；在夜裡，願爲你提燈。」這兩句話，難道她是憐憫我的寂寞嗎？無數的疑問難以得到解答，我該怎麼辦呢？自己也陷入迷糊中。

上課的那天，當我鎮定神經，注目四顧時，卻找不到彩鳳的影子，隨即心中湧起一股無名的感觸，難道她病了。

是什麼病呢？是不是爲了少穿一件毛衣而病的，若真是如此的話，那一切罪過應由我來承受。

彩鳳的家，樓下經營一片龐大的文具書店，没來得及跟依姐打招呼，我自個往樓上跑，因爲我迫切地想見彩鳳。

一連串的談笑聲由房裡傳出來，這是怎麼回事呢？我不由得頓住了腳步，輕輕叫了聲「彩鳳」。

在數位小姐好奇的盤視下，我毅然地走進了彩鳳的房裡。

「舒──舒……。」當我出現在她眼前時，她猛然由床上坐起來。

「彩鳳，都是我不好，我不該佔有那件毛衣，現在我脫下來讓妳穿上吧。」

「不，不是爲了那件毛衣。」

「鳳，我的孤寂已被妳的情感融化了，我願意分擔妳隱藏在心中的憂鬱。」

「舒舒，我一生不想得到什麼，只期待你這句話。」

世界上最可貴的莫過於真誠的情感。每次，當我憂悶不樂時，她總是說：

「你爲什麼不把頭轉回去，你願意悲觀嗎？你不願對這世界懷念嗎？舒舒，我們活著，要勇敢的活著，不要每天愁眉苦臉。我們要運用父母賜予我們的意志，創造出一個美麗的命運。」

褪色的愛

我倆情投意合，並經雙方家長同意，謹訂於國曆七月二十三日在金門舉行訂婚典禮

特此敬告

諸親友

楊青海
歐陽淑梅　謹啓

一

記不得是第幾次重複看著這則啓事，也記不起在這車上默坐了多久。窗外的雨聲越來越大，我不知道這是象徵著什麼，像是仇視人間的一切，要溶化了大地才甘心。

二天了。整整二天了。我明知道我極欲得到的是錢，可是我的精神疲憊得使我無法獲得這份寶貴的東西，心靈更像是被一片孤單的陰影籠罩著。我不能敘述出我內心有多麼地痛苦，只意識到我是在逃避自己的懦弱，必須要忘掉一個幽靈似的倩影。然而，每當午夜

夢醒，她就彷彿佇立在我的身旁，當我要抓住她的時候，她就在這個宇宙裡幻滅。於是，我瘋狂地跨上車，發動引擎加足馬力疾駛出去，希望能碰上一部大車，那麼我就可以平靜地躺著，不再有思想；不再有夢幻。可是上天無意成全我的願望，仍然讓我幸運地活在白雲底下，仰望滿天燦爛的繁星。

人，總是奇怪的。爲什麼我有足夠的勇氣來拒絕這門親事，而卻沒有勇氣把她遺忘呢?可恨的大腦，總是不幫我思索出一個完整的答案，而竟讓她的影子漫無邊際地在我的腦海裡旋轉著。

說真的，我沒有權利來怨恨命運，不管是好的還是壞的，都與生俱來，只要活在這世界一天，命運便緊緊相隨一天，直到嚥下最後一口氣爲止。一般說來，這或許是弱者的行爲，自己的錯失無力來承當，而卻硬把它加在不符實際的命運上。我，或許就是如此吧！

移動了一下坐的姿勢，我無聊地燃起一支煙。猛然地，一張熟悉的面孔像幽靈似底掠過我糢糊的視線，我張開口，卻喚不出一聲：「淑梅，啊；淑梅！」淚水像決了堤的河水，不停地在眼裡湧溢著，也撩起我多少心酸的回憶……。

二

我一直希望我是一個作家，或者是畫家。因爲只有通過她們的彩筆，才能描繪出人生的芬芳。然而，我什麼也不是，天生注定我是一個汽車修理匠。六年前的仲秋，當我來到公車處修理廠充任助理技工的職務時，就在那沾滿油污的保養溝裡認識了淑梅。

說真的，淑梅並不是一個很美的女孩；高高的個兒，扁扁的臉，她所以能討人喜愛，純然是那對烏黑的大眼，以及那片水墨般深深的瀏海。

第一次見到她，是在檢修亞南的車子。那天她正好輪休，當亞南把車子開進保養溝的雙堤時，她提著滿滿的一桶水，慣例地在車廂裡擦擦洗洗，我並不感到驚奇，這在我們單位裡彷彿已成必然的定律。何況她，只不過是一個平平凡凡的車掌小姐而已，和我日常所見的並沒有什麼特殊的差別，仍然是那襲灰色的衣裙。

我熟練地操動著板手，上緊每一個即將鬆弛的螺絲。猛然，一陣叮叮有聲的污水從我的脖子緩緩地流下。我是一個最不善於洗衣服的男人，這，屬實是增添我不少的麻煩，抑或是說對我莫大的侮辱。

「妳，怎麼搞的！」我抖抖被沾濕的衣服，緩緩地走出來，指著她滿懷不快地說。她默不作聲，只抿著小嘴，偷偷地笑著。

「笑？」我莫名其妙地皺皺鼻子。

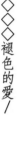

「若果你怕淋水的話，不妨先幫我把車洗好，免得妨礙你工作。」她仍然好笑地。

而我真不明白，不明白她要的到底是那門子猴戲。於是一絲意念掠過我的腦際，在一位小姐面前裝啞巴，那是世界上最沒有風度的男人。既然這齣戲已啓幕了，我爲何不陪她演到底呢？

「若果妳願意幫我洗衣服的話，我可以答應妳的請求，而且我還有足夠的力氣幫妳提水。」

「真的？」她疑惑地頓了一下，而後笑咪咪的把水桶遞過來。

「不先告訴我，妳的名字叫什麼？」我接過水桶，低聲地說。

「歐陽淑梅。」她羞人答答地：「你呢？」

「吳銘豪。」我簡單地說。

「吳銘豪。」她奇怛地：「你就是吳銘豪？」

我輕輕地點點頭……。

三

車子在湖下站停下。上來的旅客並不多，我真不明白站長爲什麼一定要加這次班，派的又是這部三十年代老爺車，誰來開，心裡也會不舒服的，何況我並不是專業駕駛。剛修完大頭的引擎，站長又不是不知道，爲什麼非派我不可呢？

回頭看看美惠，卻情不自禁地使我想起淑梅，要是隨車的是她，那不知該有多好；相信我有足夠的勇氣和她交談的。

我皺緊眉頭，加足馬力，很想盡快的抵達金城。我深知此行沒有什麼目的，但卻是我行程中的一段過程，能夠走完它，也是可貴的。

乘客陸續地下車了，我把車子倒到站牌前，一些古怪的問題在我腦裡盤旋著，我禁不住地喚住了美惠。

「怎麼啦？」她跨上車階，睜著迷惑的雙眼問。

「妳認識淑梅嗎？」

「淑梅？你是說歐陽淑梅。」

「嗯。」我不好意思地點點頭。

「今天虧你說得出來，」她嚴肅而認真地說：「你純潔得有點兒笨。」

我已意識到她說此話的用意是什麼。我一直認爲她可愛，想不到她頑皮得更可愛，這個小鬼！

「笨？」我重複著她的尾語，搖搖頭：「有時我並不。」

「只要你有這份勇氣，我願意爲你們拉紅線。」

「謝謝。」我向她敬了一個舉手禮。

「不過，人生雖然以服務爲目的，但有時是需要代價的。」她幽默地說。

「那麼，晚上請你看電影好了。」

「你是說要我去當電燈泡，那我才不幹哩！」她嘟著小嘴，像行雲般地往站裡跑。

到山外的旅客又相繼地上車了，人生有時和引擎並沒有什麼特殊底差別。我突然感到一陣茫然，爸媽、弟妹們的影子又不約而來地浮現在眼前。要不是爲了這個家，我何嘗不是有我的抱負和理想，絶不會把我的事業建立在滿身油污的巴士上。

晚飯後，美惠親自到工廠來找我，從她愉悅的表情來看，我已意識到什麼式樣的一回事。

「七點半，中正堂門口等，我會和淑梅一起來的。」她悄悄地告訴我說。

「若果妳不是把我當成大頭的話，我願意準時到達。」我有點兒懷疑。

「你總是那麼的不相信人家！」她狠狠地白了我一眼，逕自往車站走，像似這世界只有她一個人存在。

我搖搖頭，無語地看看錶，這個小鬼。

等，總是令人厭煩的一件事。我活了二十餘年，從未等過任何一個人。而今，這彷彿是命中注定的，難道真要我等那麼久嗎？十分鐘，總像十年那麼的長，若果一但等不到，那我該怎麼辦呢？因爲我們一生中，並沒有幾個十分鐘可等的。

「銘豪。」驀然，一聲尖悅的清叱掠過我的耳鼓，我猛而地一轉身，淑梅美麗的倩影已呈現在我的眼前，一個謎也同時在我心頭成長著。

「淑梅，」我顫抖著雙腳跨前一步，不知下一句該說些什麼？「美惠沒有來？」我只能以這句庸俗的辭彙來搪塞我此刻的尷尬。

「來到路口，又走了。」她羞澀地低下頭。

「這個小鬼。」

山外溪畔，我屬實再也找不到比這裡更富詩意的地方，夕陽餘留下的那絲殘暉，也因黑夜來到而隱沒去，我們並肩漫步在那幽雅的小道上，星星爲我們眨著醉人的媚眼；蛙兒爲我們譜奏美妙的戀歌。然而，我無語。我始終找不到一句具體的言詞來打破這夜空的沉靜，我後悔沒有先想好要說些什麼才來。

「淑梅。」我猛而頓住腳步，雙手輕輕地放在她的肩上，一股少女的幽香迫近了我，我仍舊不知下一句要說些什麼才好。

她默不作聲，烏黑的眼珠死命地瞪著我，我實在不明白，我們下一秒鐘應該說些什麼？應該做些什麼？

我緩緩地上前一步，右手滑過她的腋下，輕輕地摟住她細柔的腰，而夜；更靜了，她的頭像綿羊似的依在我胸前……。

猛然，她幽靈似地把我推開，撩撩鬢邊的絲髮，皺皺眉頭，而後幽幽地說：

「銘豪，我們是不該如此的；或許我們都不夠理智。」她緩緩地向前走。

「不，淑梅。」我輕輕地拉起她的手：「我認爲那是自然的定律。」

「你不認爲我們的認識太過於戲劇化了嗎？」

「人生，本來就是一齣戲。」我突然想起：「不知妳讀過陳恨天的『螢』没有？亞白與麗貞的認識不是比我們更故事化嗎？」

「那畢竟是小說。」

「可是它卻是人生的寫照，人性的反射。」

四

感情的進展往往與時間的長短没有絕對的關係。我與淑梅的愛情也不知在什麼時候傳遍了整個公車處，多少人因我們的愛而歌頌，多少人對我們的愛而禮讚。然而，幸福的反面就是痛苦的，我已不止一次的聽到外人對她的評價。是的，這世界時刻都在變化中，何況是人的感情。因而，我有急切找她商談的必要。可是事情的進展並不如我想像中的那麼單純，她母親堅決反對我們的來往，更不願把女兒輕率地嫁給一位異鄉人。我不明白，我真的不明白愛情與地域的差別會有什麼切身的關係？難道烈嶼鄉不是屬於金門縣的一份子嗎？莫非是淑梅已找到一個更好的對象？抑或是她母親故意刁難？

「不，銘豪，請你相信我；我只有一顆心，我愛的也只有你一人。」她搌動我的雙肩，激動地說：「我知道你愛我，也會等我的，是不？」

「是的。等，等待是美的。我要等到有一天妳對我完全滿意爲止。」我無語地搖搖頭，害怕有一天誰也不承認這句話。

「讓時間來考驗我們吧！」她說。

「是的，讓時間來考驗我們吧！」我重複著她的語氣，冷冷地說。然而，時間；時間永遠是計算的重複者。我們的感情也因另一個人的加入而停頓，我們的愛裡已滲透著一份複雜的原素，一切都不如原先那麼的單純和美好。固然，她有權利來主宰自己的命運，愛她的也不只有一人。但如果對每個人都施予一點憐憫底愛，那不就成爲大衆情人了嗎？這是她幼稚的想法。

幾天沒見到美惠，晚飯後在站裡碰到她。

「銘豪，我跟大頭的班，你進不進城？」

我不知道她爲什麼會如此問我，難道她不知道淑梅已另結新歡，不再需要我了。

我淺淺地朝她笑笑，若果淑梅不調到金城站，或許不會有這些事故發生的。人都是不甘寂寞，然而，要來的終究要來，我爲什麼不提起勇氣來面對它呢？何況它並不是我生命的全部，只不過是我生活中渺小的一點點而已。

我不加思索地跨上車階，我的動機並不與淑梅有絕對關係的；沒有她，我還不是快快樂樂地度過二十幾個春天。美惠無語地看看我，或許我的心緒已撩起她的注意，誰是誰非，諒她必能一目了然的。

巴士緩緩地抵達金城，我的精神也猛而一振。驀然，一個熟悉的影子在那片濃密的榕樹下出現，身旁陌生的影子使我感到茫然和昏眩。我睜大眼睛，禁不住地喚了一聲：

「淑梅。」

美惠愛憐似地看著我，而後輕輕地搖搖頭說：

「淑梅是不該如此的。」

而我已意識到，這齣戲或許就此閉幕。因爲我是男人，我有我的理想和抱負，這點感情上的挫折又算得了什麼呢？

五

自從母親逝世後，我一直有轉公爲商的念頭。思想也彷彿在刹那間成熟了不少。我已不止一次的想到：這個家庭屬實太需要我了，那微薄的薪給並不能供給弟妹們的學雜費，何況還要奉養年邁的父親。因而，我毅然地呈上了辭職書，並以歷年家中的一點儲蓄，購置了一輛計程車參與營運。我没有其他的需要和目的，只祈望教育弟妹成人，以慰九泉之母。
轉瞬，弟弟高中將畢業了，他和一般青年並沒有兩樣，「大學」這個名詞對他是一種誘惑。然而，他深知家庭的處境，不敢有如此的夢幻。身爲兄長的我，除了給予他鐵樣似的保證和鼓勵外，只好以我的勞力，換來更多的金錢，使他能受完高等教育，成爲社會有用的棟樑。
今天，無意中碰到大頭，他說淑梅又調到山外來了，而且還擢升爲處裡的辦事員，這在我並不是號外，就猶如乘客因坐了我的車，而給予我五塊錢代價一樣。是的，人的心永遠是善良的，人的本質也永遠不錯。大頭之所以對我說這些，並不是沒有理由的。可是我已失去了往昔純真的夢幻，腦裡所浮現的，是一群群的乘客，不停地向我招手。
然而，要來的總歸要來，誰也無法阻止它。七月二十一日夜晚，山外街道燦爛的燈光照得我直眨眼，我和長壽、水源正在車上聊天，永川興沖沖地跑來，附在我的耳旁低聲地說：
「淑梅想見見你。」
「見我？」我一楞，莫名地睜大眼睛。
他拍拍我的肩，示意我跟他走。
我像木頭人似地聽任他的擺佈，一千個疑問在我心底盤結著，但我並不感到悲哀。

無語地來到隔壁的冰果室，裡面並不只淑梅一個，她們相繼地從椅上站起，禮貌地對我笑笑，雖然有幾張陌生的面孔，但從她們灰色的裙裾來看，已足可使我領略一切。

永川在淑梅身旁爲我拉出來一張椅子，幾對陌生的眼神都集中在我身上，我無所謂地抬起頭，淺淺地對她們笑笑。

「諸位吃點什麼？」

他們都默不作聲，只那麼虛僞地笑著，這或許是女孩子的通病吧！

「西瓜好了。」永川替我解了圍。

我無語，這種場面屬實令我心悸。我情不自禁地側著頭，看看久別的淑梅。是的，她没有太多的改變，唯一的，只不過是那片深深的墨竹已被歲月的酸素所腐蝕，已不再是那麼的光澤和柔和。

大家都默不作聲地吃著西瓜，我真不明白永川約我來此的用意是什麼。淑梅和幾個女伴都相繼地走了，只剩下我們二人默坐著。

「永川，我真不明白你邀我來此的用意是什麼？」我拍著桌子，毫不客氣地說。

「說真的，銘豪，見到淑梅後，你有什麼感想？」他滿股兒正經地問。

「感想?我没有讀過玄學，我不明白你說此話的用意是什麼？」

「我不希望你那麼固執，我也不懂得鑽牛角尖，你究竟對淑梅的看法如何？」

「很好。」我簡單地回答。

「不要答得那麼勉强，銘豪，我受人之託，忠人之事。若果你對她没有太多改變的話，這是一個很好的機會。」

「哈…哈…哈…，機會？永川，你今天才來爲我製造這個機會？」

「冷靜點，銘豪，若果你仍舊愛她，就應該原諒她而成全她的願望。」

「説老實的，永川，要是這個機會在二年前來到，我會全身投向它的。可是二年後，環境的變遷，人心的不定，使我不得不向現實低頭。」

「別那麼固執，環境的變遷與愛情的進展並没有什麼切身的關係。」

「不，永川，你的觀點錯了，或許你没有理解到我的話意。我是一個二十餘歲的大男人，無論從任何一個基點來説，都需要一個心靈的伴侶。然而，在這個現實的社會裡，一般女孩婚前所説的與婚後並不一致，我害怕我的幸福，會建立在痛苦上，因而影響到我的家庭。」

「難道你對淑梅的愛發生懷疑？」他迷惑不解地問。

「不，我從未懷疑過任何一個人，因爲自己本身就是一種相信。只是環境不允許我有太多的夢幻。」

「這是我們所談論的結果嗎？」他失望地從椅子上站起。

「也許是的。」我說。

「當機會還未到來時，你追尋機會；當機會來臨時，你拋棄機會。你是一個永遠把握不住機會的人。」他極端氣憤地。

「是的，我是一個永遠把握不住機會的人，儘管如此；但我絶不輕率的向機會屈服！」我不服氣地說。

六

我不明白今天爲什麼會起得那麼早，黎明的曙光才在山頂展開一片朦朦的白。我從工具箱內取出抹布，駕輕就熟地擦擦擋風玻璃。

「銘豪，幹嘛起那麼早？」水源揉著惺忪的睡眼，緩緩地走來。

「引擎好像有毛病，昨天送碧珍進城時，速度像似減退了許多。」我打開車蓋，順手摸摸輸油管。

「別開得太快。」長壽也從房裡走出來：「我早就想說你，不要拿生命開玩笑。」

「不，屬實是如此。」我强辯著：「不信，你試試看。」

他疑惑地跨上車，加足油像疾風似地走了。我深知這部車子的馬力要比四十四號好，但總嫌它跑得不夠快。我並不能說出一個理由來爲自己辯護，總希望它能跑得更快！

夏日的太陽像似來得特別早，周遭也隨著它的來臨而耀眼。驀然，一個灰裙白衣的少女姍姍走來，順手遞給我一個報紙紮好的小包。

「淑梅要送給你的。」她的眼神彷彿是睡眠不足似的，沒有一點光彩。

「送給我？」我奇異地反問她。她點點頭，又從來時的路姍姍而返。

我急切地撕開報紙，情不自禁地喚著：

「糖，糖！糖！」

糖，不可否認地有幾百種，但這是異於豬腳糖，貢糖，或者八果糖的——喜糖！

我攜著它走進小房，猛力地撒開塑膠袋，瘋狂似的把它散發在桌上，糖！糖！糖！糖！

「是誰送的糖？」長壽和水源幾乎異口同聲地問。

「淑梅。」我無力地往床上一躺。

「淑梅？」長壽驚奇地。

「淑梅？」水源也不例外。

「是的。」我淺淺地一笑：「我的車不知怎麼啦？」

「不，你的引擎並沒有毛病，你的車也不慢；壞就壞在這世界上有比車送得還快的喜糖。」長壽幽默地說。

我無語地搖搖頭。人生，或許就像是佇立在十字路口的行人吧。

誰該走這條路。

誰該走那條路。

千萬別只憑藉著上帝的指使。不管路途多麼遙遠，不管山路多麼險峻，我們有自己的理想和方向……。

七

想到此，我突然被一位撐傘的老人喚醒，抖落滿身悽然與迷惘，遂使我領悟到——人，是不能靠回憶來度一生的。過去的，就讓他過去吧，我們應該去尋找新的生活。

侍候老人上車後，雨已逐漸地停了，我熟練地發動引擎，車子像風般似的疾駛在中央公路上。是的，今天將是我新生活的開始，明天我要起得比太陽還早，去擁抱那一地燦爛的金光……。

無聲的祝福

雯雯：

當這封祝福的短箋送達妳的手中時，想必，妳已穿上潔白的紗禮服，由輝攙扶著，隨著音樂的旋律，微微地低著頭，緩慢地步向婚壇。

今天，又是雨，又是這惱人的落雨天。停留在金門的雨像似永遠落不完。雨落霉了我的小屋；落霉了我的心。午後接到妳的信，就像似一道溫煦可愛的陽光，照射著我的小屋，溫暖著我的心。

窗外，仍然不停地響著淅淅瀝瀝的雨聲，雨聲爲我帶來妳的喜訊。往事就像雨中的輕霧，一幕幕地展現在眼前……。

一個晴朗的三月天，山坡正盛放著一朵朵嬌豔的杜鵑花。我們家裡充滿著一片喜悅的笑聲——是爲了迎接一位新妹妹。午時正，妳由姨媽陪伴著，正式成爲我們家中的一員。

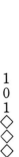

雖然妳不是爸媽的親生女兒，但是爸媽待你總是超過我與姐姐；凡是有好吃的，可玩的，總歸由妳先享受，從來就沒有大聲的叱責妳一聲。爲此，妳成爲我們陳家之寶，我與姐姐非但沒有一點兒妒意，反而更加的愛護妳，細心的照顧妳，使妳幼小的心靈更能體會

到親情的愛意。

七歲時，爸爸把妳送到一所環境清新師資優良的小學，讓妳接受教育。在學校不久，妳學會了唱歌，說故事。尤其是當妳在爸媽面前唱起：

一閃一閃亮晶晶
滿天都是小星星
掛在天邊放光明
好像一對小眼睛
……………

爸媽總會把緊緊地抱著，連聲地說：

「雯雯真行，真不愧是爸媽的好女兒。」

當妳在我和姐姐面前講起「虎姑婆」的故事時，妳總是故意的停頓一下，扮副恐怖相，逗得大家笑得前俯後仰。

那時，我總覺得妳很可愛，想不到妳頑皮得更可愛。每當晚飯後，妳總愛帶一本書，把雙手往背後一圈，在院子裡來回不停地踱步。有時，妳大聲地念著：

來來來，

來上學。
去去去，
去遊戲。

有妳，家中更充滿了無比的樂趣。

四十七年「八二三」砲戰時，姐姐把妳帶到臺灣去，我卻陪伴著爸媽留在金門。每次，姐姐寫信回來說：

雯雯很是想家，每天念著要爸爸要媽媽要哥哥，眞把我給煩死了。雖然她現在已是四年級的學生，可是仍然那麼地頑皮天眞。

不久，姐姐出嫁了。爲了不方便妳住在姐夫家，爸媽寫信要姐姐送妳回來，另一面是要妳回來準備報考金門中學初中部。

到機場接妳時，正好是四十九年夏季。

當飛機上的旅客從機梯相繼下來時，卻到處看不到妳，內心湧起一股莫名的茫然，一個謎在我心頭成長著。莫非是妳長大，變得我認不出來。

正當我深感迷惑時，驀然，眼前出現一位婷婷玉立的小姑娘，她不就是妳嘛——我心愛的小妹妹。

一聲「哥哥，我回來了！」把我驚醒。我真怨恨姐姐爲什麼要把妳打扮成一位小姑娘，讓我迷惑甚久。

過後，我說：「雯雯，妳想家嗎？」

「好想唷！哥哥你看，我是不是長高了。」妳挺起穿在身上的粉紅色的洋裝。它不停地閃耀著一小片一小片金光。

「是長高了許多，也變了許多。」我撫著妳的頭。「不過在哥哥的心目中，妳仍然是一個長不大的小孩子。」

「哥哥，我不要你這樣說嘛！明年兒童節再也沒有我的份囉。」妳輕輕地頓了一下腳。

妳回來的第二年，爸媽做了主，很快的就讓我跟王家大小姐小芸結了婚。

當婚禮緩慢地進行著，妳偷偷地跑到我身旁，悶悶不樂地說：

「哥哥，你有了嫂嫂，以後還會和以前一樣的愛我、疼我嗎？」

「妹妹，做哥哥的那有不愛妹妹不疼妹妹的理由。」

於是妳笑了。出於內心真摯的微笑。

滿廳堂的親友們也笑了。他們是爲了喝喜酒而笑的。

一個假日的早晨，也正是妳第一次當姑姑的那年。妳拿著一份報紙，蹦蹦跳跳的喊著：

「哥哥，哥哥，你看，我的第一篇作品被編者先生採用了。」

果真是妳。想不到一個初中二年級的學生，就能寫出這麼清新動人的作品。過後，每逢有你的作品被採用，妳總是要我客觀的給妳下評論。

然而，文學是多方面的，當我們以身要投向它時，才發覺自己是那麼地渺小和微不足道。於是，我不敢輕率地發言，每每，我總是改變話題說：

「雯雯，現在不是妳寫作的時候，也不是妳想成名的時候。只要妳好好地把書唸好，將來哥哥一定送妳進臺大文學系，讓妳看看文學中的大千世界。」

妳喜悅地說不出話來。

過後，妳雖然沒再寫什麼，可是妳卻把全部時間消耗在課外書籍上。妳竟然能看得懂許多名作家的散文與新詩，這雖然是很好的現象，對寫作上也有很大的幫助。然而，妳是一個初中學生，尤其是即將畢業，課業十分繁重，時常爲了趕作業趕到深夜還不睡，於是妳的身體一天天地衰弱。時常頭暈，臉色發青。爸媽曾急得流淚，陪伴妳看幾位醫生，吃了許多補藥，才漸漸地復元。

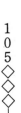

高中聯考的那天，爸媽要我陪妳進城參加考試。那天天氣十分悶熱，累倒了許多考生。在考數學的第三節，終於，妳支持不了，暈了過去，失去了升高中的機會。爲此，妳傷心的痛哭著。然而，做哥哥的卻找不到一句可以安慰妳的話，妳的淚水就像決了堤的河水，不停地湧溢著。

之後，妳變了。

變得很孤寂，除了幫助媽料理少許的家務外，妳完全沉醉在寫作上。

終於皇天不負苦心人，妳得了幾次文藝徵文獎，它奠定了妳寫作的根基。

在一個細雨霏霏的午後，綠衣郵士送來妳的一封信，它由粉紅色的信封整潔的包著。因爲是出自一封陌生的筆跡，引起做哥哥的懷疑。於是我沒經過妳的同意撕開封口先看了一遍。原來妳瞞著爸媽和我偷偷和一位文友談戀愛。

我曾趁爸媽熟睡時，偷偷地問妳：

「雯雯，最近我發現了一個祕密，妳是不是在戀愛了？」

妳羞人答答地搖搖頭。

「雯雯，別害羞，戀愛的最高昇華是走上結婚之路，藝術家的彩筆；音樂家的歌曲；小說家的瑰麗詩章，描繪，歌頌，兩性相愛的神聖偉大，愛能使宇宙光明，人生幸福；它能創造衆生的生命。記得英國有一位詩人，他說：『愛是一團火，一切人間的罪惡，都在它的熱焰中消滅。』只要是正當的戀愛，那哥哥絕對無權來干涉妳，甚至爸媽也不會干涉妳的婚事。」

「是的，哥哥，因爲我逃避不了他那對晶潔的眸子。」妳紅著臉說。

「雯雯，對於他的處世爲人，家庭狀況，你有深刻地了解嗎？往往盲目的愛情和衝動的情感，所得到結果與招致來的，一定是失望與痛苦。」

「哥哥！」妳緊緊地把我抱著：「別忘了我已二十歲了，不再是小孩子囉。」

「雯雯，不錯，妳已是二十歲啦，可是在哥哥的眼光裡，妳永遠是一個長不大的孩子。對於妳的一切……，包括婚姻大事，做哥哥的有負責任的義務。何況妳是我們陳家的寶貝，哥哥絶對不許有外人來欺負妳，玩弄妳。」

「哥哥，妳太好了。」

終於，妳們的戀史很快就達到成熟的階段，對於這門親事，爸媽起初不十分贊成妳離鄉那麼遠，嫁到臺灣去。後來兩位老人家想通了。

於是妳的婚事，就這樣地通過了。

當爸媽爲妳辦好出境手續時，接著就是妳要飛臺結婚的日子。

臨行前，爸爸在銀行領出二萬元，做爲妳的陪嫁，要妳喜歡何物到臺灣後再選購。媽媽在她的小箱子裡也取出一對手鐲，一條項鍊，送給妳。姐姐特地從臺灣寄來一份豐富的禮物，妳嫂嫂送了妳一只鑽石戒指。唯有我，多麼可憐的哥哥，找不到一件可以送給妳的東西，只有在我手上取下那只不值幾文錢的素面白金戒指送給妳。雖然它是一只不值幾文的物品，可是它隱藏著一份真摯的心意。

臨上飛機的剎那，妳一一的和家人握別，當妳含著滿眶淚水走到我面前時，妳仍然孩子氣似的緊緊地把我抱著。然後說：

「哥哥，我走了，無論妹妹走到天涯海角，會時常爲你祝福的……。」

而今，逝去的總歸要逝去，它留下了什麼呢？又帶走了什麼呢？只不過是一片回憶的雲煙，祇要微微的輕風，就能把它吹得消失，消失，再消失……。

雯雯，此刻我出神地凝望著窗外。

彷彿我聽到滿堂的笑聲。

彷彿我嗅到佳餚美酒的芬芳。

唉！千言萬語訴不盡，我深切地祝福妳，雯雯。在落雨的金門島上。

巴士上的諾言

懷著極端沉重的心情，我搭上九點四十分的巴士，由沙美開往金城。找到一處靠窗的座位坐下，剎時，慧貞的倩影又浮盪在我的腦海裡。

我敢保證她對我的愛情是永遠不會變的。可是我們的婚事在她父親堅決的反對下，遲遲未能進行，誰敢料想到將來會有多大的變化呢？我真擔心此次金城之行，不知會有什麼式樣的結果，因爲它關係到我的終身幸福。

我真不明白慧貞的父親爲什麼要對職業的貴賤存著那麼深的偏見？尤其是對我們這群頂上工作者，更是沒有一絲兒好感。大概他還存著十八世紀時的不良傳統吧——理髮是一份卑賤的職業。

其實幹我們這一行的，有什麼不好呢？既不偷，也不搶；衣、食、住、行，全是靠勞力換取而來的。雖然「理髮師」這個名詞不甚悅耳，可是論起工作來，誰會有我們那麼輕鬆與舒服呢？

大熱天，我們曬不到那火樣似的太陽。

大冷天，我們吹襲不到那刺骨的寒風。

落雨天，我們淋不到那瀟瀟的寒風雨。

我真不明白是那點兒不好。難道是爲了「名不雅」麼？這也許該是一個小問題吧！何況世間上絕對沒有十全十美的事情，爲什麼要專對我們「理髮師」存著那麼深的偏見呢？

正想著，突然，一位肥胖的陌生老伯擠在我身旁坐下，爲了避免和他身擦身的坐著，於是我主動的調整了一下坐的姿勢，使座位寬鬆一些，身旁的老伯也許覺得舒暢了不少，連忙向我點著頭說：

「謝謝你，謝謝你。」唇角露出一絲慈祥的微笑。

「不用客氣，老伯。」我也回報他淺淺地一笑。

「你在什麼地方工作呵？像似在那兒見過你似的。」他搔搔頭說。

「老伯。」我禮貌地喚了他一聲說：「每逢有人問起我的職業與工作時，我內心矛盾極了。不說，也許有人會指責我太不懂禮貌；說嘛，又有人會對我的工作存著很深的偏見。」我收起掛在唇角的笑容，自卑地說。

「偏見？」他奇異而迷惑不解地望望我說：「世人除了對遊手好閒，不務正業的流氓，强盜有所偏見外，只要是用勞力換取而來的，那份工作不都是神聖的麼？」他略微停頓了一下：「你不妨把你的工作說給我聽聽。看你這股兒誠實相，我敢保證你絕不會是流氓、强盜吧！」

「理髮師。」爲了不使他懷疑，我只簡單的說出這三個字。

「理髮師？」他重複我的語氣，笑盈盈地說：「這份工作不是很好嗎？既輕鬆，又厚利，你還嫌它那點兒不好呢？」他嚴肅而認真地反問我。

「不好的可多著哩，我真後悔當初不該選擇這門工作。」我聳聳肩，嘆了一口氣。

說完後，我倒有點兒後悔，深覺不該對一位陌生老伯說出這些無聊的話。可是繼而一想：他雖然沒有職業貴賤之分，可是他真正瞭解我們的苦處並不多。我何不藉機來開導他一番呢？說不定他家裡也有女兒，也好爲別人開一條通往婚壇的出路。

「爲什麼呢？」他困惑不解地問。

「我有一位女朋友，當我們的愛情成熟論及婚嫁時，她的父親就是對職業存著很深的偏見，堅決反對女兒嫁給『理髮師』，他總認爲幹理髮的一輩子也沒有出息。」我憤憤不平地說。

「她父親不讓她嫁給『理髮師』，也許其中是有因素的。」他冷冷地略帶幾分神祕地說。

「完全沒有因素，現在已是二十世紀了，職業怎能再分貴賤呢？也許他老伯深怕我們『理髮師』養不活一個老婆罷了。」我激動著說：「何況真正的愛情，是不分貧、富、貴、賤的呵！」

「你說的也很有道理。不過做父母的誰不希望把自己的女兒嫁給一個可靠的丈夫呢？」他漫不經心的說。

「那更不公平，任何地方都有可靠與不可靠者，任何工作也都有可靠與不可靠的人；何況不是如此。爲什麼她父親聽說我是一位『理髮師』，就堅決的反對我們結婚呢？連見面都不願見我一面，他從什麼地方知道我不可靠呢？」

說後，內心像似輕鬆了不少。可是我又覺得後悔，不該和一位陌生的老伯抬死槓子。人，就是這麼怪，容易滿足，又容易失望。

他沒有再說下去，只是微微地點頭，而後才轉變話題向我說：

「假若她父親堅決地不答應你們結婚，那你們該怎麼辦呢？」

「這也沒什麼關係，只要慧貞不變心，相信總有一天會達到我們愛情的最高峰的。」

我說著，微微地看了他一眼。

「慧貞？」他睜大眼睛，奇怪地望望我。

「那是我女朋友的名字。」我解釋著說。

「你家就住在沙美？」他問。

「不，我家住碧山。我女朋友家住金城。今天也就是想去探探風聲，也許她父親會改變以往的作風，答應我們的婚事。」

「但願如此。」他慈祥地笑著說：「以你現在的收入能自信養得起一個小家庭？」

「也許沒有多大的問題。暇時我還爲報社寫點稿，雖然錢不多，但多少對家庭總有點兒幫助。」雖然覺得他的問話是多餘的，但我還是耐心的回覆他。

「什麼，你還能寫稿？」他驚奇地問。

「是的，但是書讀得不多，寫得不好。」

「不錯，我也曾經對『理髮』這門行業存著很深的偏見，尤其是『理髮師』，個個油頭粉面，吊兒郎當，真想不到三百六十行，真的行行出狀元，我是錯看了你們。」

「這有什麼用呢？『理髮師』至死畢竟還是一個『理髮師』！」我自棄地說：「若果我女朋友的父親能改變想法，答應我們結婚，那就好了。」

「青年人那麼性急幹嘛？我姓張，慧貞的父親與我是世交，關於婚事問題，你儘管放心，一切包在我身上。」他拍拍我的肩，笑著說。

「包在你身上？」我不解地搖搖頭：「可是你畢竟不是慧貞的父親。」

…………

…………

他歉然地對我笑笑，彼此沉默了一會。

巴士抵達金城，我禮貌的扶著他下車。並不是爲了他與慧貞的父親是世交，而想討好他，讓他爲我效些什麼勞，而是出於人性互助的觀點。

臨別時，他鄭重的說：

「沒問題，一切包在我身上。」

我情不自禁的笑出聲來。

慧貞的家位於金城中興路的一幢二層樓房。我曾經陪她回來過，卻從未進去過。她有時再三的要我進去坐會兒，可是我始終提不起這份勇氣，我害怕被她那對我不甚好感的父親下逐客令。今天雖然慧貞鄭重的替我保證，說已徵求她父親的同意，可是我的心中仍然不停地跳動著。

輕叩了二下門，想不到開門的竟是慧貞。

「嗨，那兒來的勇氣呵！」她拉著我的手，愉悅地說：「我還以爲你不敢來哩！」

「爲了一個人，我不得不冒一次險。」我打趣著說，心裡更是急懼萬分。「伯父呢？」雖然她父親不答應我們的婚事令我討厭，但是我仍然禮貌的詢問著。

「一早到沙美辦事去啦，他說十點鐘以前回來。」

我們手拉手緩慢地步向客廳。

「慧貞，風聲怎麼樣了？」我問的是指她父親答應了沒有。

「經我千解釋，萬解釋，總算有點頭緒……。」

慧貞正想再說什麼，突然，門外傳來幾聲鏗鏘的叩門聲。慧貞轉身朝大門走去，我真害怕回來的是她父親。

腳步聲愈來愈近了，我的心也不停地跳動著。幸好慧貞帶來的並不是她父親，而是與我同車的那位胖老伯。這才使我鬆了一口氣。也因爲他突然的出現，愈使我充滿著更多的希望與信心，因爲他畢竟是慧貞的世伯，多少對我總是有利的。

「老伯，你也來了。」我禮貌的向他點點頭。

慧貞迷惑不解地走上前來，拉拉我的手說：

「亞白，這就是爸爸。」

「什麼？」我心中發出這個問號，不知道是驚，抑或是喜。

「想不到吧，亞白。慧貞早就提起了你，並不是我有意阻止你們，而是要更深一層的去瞭解你們，以至讓你們的婚事遲遲未能進行，這也許是一個做父親的責任吧！」他緊緊地握著我的手說。

「老伯，在巴士上若有失禮的地方，請您多原諒吧！」我由衷的說。

「亞白，不用客氣，今天你畢竟爲同業爭了一口氣，使我猛改前非。」他愉快地笑笑：「爲了要實行巴士上的諾言，我無條件的答應你們的婚事，絕不會藉故向你索取任何聘禮，只期望你好好的愛慧貞，更要熱愛你的工作。」

我默默地點點頭，眼淚像斷了線的珍珠，一粒粒地落在臉上……。

脱稿於太武山谷

烽煙下的杜鵑

三月四日

今天，又一次的遇見她，在那片開滿杜鵑的山坡上。那時是下午五點多鐘。每當夕陽的餘暉美飾了西天，我習慣的漫步在這片幽靜的山坡上，獨自欣賞落日時分的郊外美景。

一連三天了，也正是從杜鵑花盛開的那天起。每當我來到山坡，總會遇到一位美麗的姑娘，痴痴的望著盛開的杜鵑出神。微風輕輕地吹散她那烏亮的秀髮，更增加幾分柔和的美。

一朵朵盛開的杜鵑花，
一瓣瓣嬌豔的杜鵑花，
妳開在三月的小陽春。
三月的杜鵑花啊！
開在我的記憶裡。

終於，她說話了，她的聲音是多麼地悅耳動人。

天色漸漸黑了，四周展現一片茫茫的霧氣，她仍然痴立在花旁，我離她約莫十步遠，可是她一點也沒有發現到我，只管低著頭，默默地站著，似有滿懷悲傷與回憶。

她到底是爲了什麼呢？一個謎困惑著我。

三月十四日

這個謎在我心裡整整隱藏了十天。終於在一個偶然的機緣裡讓我解開了。

「她名叫谷芸，是一位優秀的車掌小姐，十八歲，沒有男朋友。」這是我的朋友王透露給我的。王任職縣級機關，按職務他是有權督導她們單位的，難怪王那麼清楚。王說：

「老弟，要不要老朋友給你拉拉紅線，這妞兒真的是不錯。」說後咯咯地笑個不停，我被他笑得不好意思起來。

「不，王，你完全誤解我的意思。我只想知道，爲什麼每逢夕陽西下時，她總要跑到山坡上，且痴痴地望著杜鵑花出神，有時候喃喃自語地走了，有時候卻放聲大哭地跑了。不知到底是爲了什麼？是不是……？」

「你爲什麼那樣的關懷她呢？」王迷惑地問。

「說真的，我也不知道。」我竟被王問住了。

三月十九日

人，真是奇怪的東西，明知道某些事是不可能的，卻偏要去嘗試一下。午時廿分，我來到山外車站。我不是一名旅客，祇想能追尋到一個謎影。終於在開往金城的巴士，我發覺一個婀娜熟悉的背影。不知怎的？我竟乘上她那一輛巴士，她驚訝地望著我，我也好奇的看著她，可是彼此之間，隔著一道陌生的牆。

中午這段時間，往往乘客不多。她就在我的斜角坐下，眼睛平視著，每到一個小站，她總要向後座望望，看看是否有下車的乘客，這樣一來，使我能夠更清楚的欣賞她的豐姿以及美麗的臉兒。巴士駛到雙乳山，後座的幾位乘客都陸續下了車，頓時廿幾個座位只剩下我一個，怪落寞的。驀然，我想起一句話來：「在一位漂亮的小姐面前裝啞巴，是天下最大的懲罰之一。」於是，我換了一個座位，厚著臉皮問：「妳就是谷芸小姐吧。」

「妳怎麼知道呢？」她很大方，但很訝異地回問我，眼神充滿著迷惑。

「在山坡的那片杜鵑花旁見過妳。」

「……」她默默無語，雙頰紅得像四月的玫瑰，更襯托出幾許少女羞怯時的美。

「哦！對不起，我忘了，我叫舒舒。」我趕緊說。

「多有趣啊！那有姓和名連同一個字的？」

「是的，我也覺得很有趣，可是我的祖母，我的母親，我的朋友們等等，他們都這樣的叫我。」

「你姓舒？」

「不，我姓陳，是屬於陳家的一員。」

「你很有講話的天才。」

「不，比不上妳。對了，妳還常到山坡看杜鵑花嗎？」

她點點頭，彼此沉默了一會。

當我再度要開口說話時，巴士已停了，她打開車門，我不得不離去，當我回頭再看她時，她已步入金城車站了。

三月廿五日

黃昏來臨時，我們又習慣地在開滿杜鵑花的山坡上見面。可是今天的天空佈著層層烏雲，像是風雨即將來臨。我們坐在盛開的杜鵑花旁，久久的沉默。終於她抬起頭，望望天空說：

「也許我們要幾天不能見面。」

「爲什麼呢？」我不解地問。

「你看，」她指著遠方的一朵黑雲：「這不是風雨即將來臨的象徵嗎？我真擔心這片盛開的杜鵑花，也許它們將受著風雨的摧殘而凋零。」

「妳擔心著杜鵑花，妳痴立在杜鵑花旁啜泣，也許有個重要原因吧？」我趁機問她，試想揭開那盤據我心的謎底。

她不否認地點點頭。

「能告訴我嗎？」

「好的，可是，舒舒你可別再告訴別人。」

「在杜鵑花盛開的時節裡，一個沒有月亮的晚上、滿天散佈著點點繁星。共匪又瘋狂地打著砲宣戰，我與爸媽弟弟都同時進了避彈室。突然爸爸「啊」了一聲說：「糟了，牛還繫在門口的榕樹下，不知會不會遭到什麼意外。」說著往外跑去，顧不及我與媽的勸告。

久久，還不見爸爸回來，砲彈又瘋狂地落個不停，在我們敏感的耳際和經驗下，我聽出一連數發都是落在我們附近。「可是爸爸爲什麼還不回來呢？」媽說：也許回家了吧，我也是這麼想……。

砲聲在我們不斷的咒罵下終於停止了，走出避彈室，我隱約看見一顆明亮的星星由天邊殞落下來、心中湧起一股莫名的茫然，一個不祥的預兆在我腦裡盤旋著。天啊！請保佑爸爸平安。

可是當我們回到家門時，房門仍然鎖著，沒有一點兒爸爸的影子……。在鄰居數位好友的協助下，終於在榕樹的左側，一株杜鵑花旁，找到了血肉模糊的爸爸，因爲傷勢慘重，終於不治……。此後，每當杜鵑花開時節，我就情不自禁的懷念爸爸，哦……。」小芸說完已泣不成聲，我也不知該怎樣安慰她才好。

氣壓愈降愈低，雨，拖著疲憊的身軀來到人間。

「小芸，我們走吧！」

我挽著她的手，她没有阻止。

三月廿八日

停留在島上的雨，像似永遠下不完。一連三天了，雨仍然不停地落著，使我無法見到小芸。午後，我收到小芸的來信，頓時解除了我在雨天的寂寞。我迫不及待地打開。

舒舒：

雨天，多麼漫長呀！一切都得怪這惱人的雨，使得杜鵑花旁減少了我們的足跡。我眞擔心那片盛開的杜鵑花，不知被雨摧殘得成什麼樣子了。

明天恰好是我的輪休日，我已徵求媽媽的同意，準備冒雨看「僑聲電影院」二點半放映的「菩提樹」。聽說這部電影很有教育意義，值得一看；假若不是這惱人的雨天，我倒希望你能陪我一道去哩！

現在，讓我虔誠地祈禱——但願明天是個大晴天。寄上我無限的祝福。

三月廿九日

又是雨，又是雨，又是這惱人的落雨天。

雨落在我的頭上，臉上，涼涼的，冷冷的。然而，在這種打狗不出門的雨天，「僑聲」電影院的售票口卻擺著兩條長長的「龍」。「菩提樹」的觀衆可真不少。

小芸真守時。找到我們的座位，「菩提樹」的情節就緊緊地扣住我們的心弦。小芸俯在我耳邊輕輕地說：

「瑪利亞真是一個好母親。」

「妳將來也是的。」我頑皮地說。

她輕輕地在我腿上擰了一下，並白了我一眼。

散場後，雨仍淅瀝的落著。送小芸回家後，我獨自走在雨中，步上歸途。

四月十二日

我和小芸，隨著杜鵑花的凋落，漸漸減少見面的時間；然而，我們的情感卻與日俱增。雖然只隔離不遠，然每天一封信已成爲我們必修的課程，偶而地也看場電影，或到處蹓蹓。日子在我們細心的安排下，過得多彩多姿。

四月廿七日

幸運地，我的一篇散文「山谷之晨」在金門日報上發表了，這是我習作數月來唯一被採用的作品，內心的興奮無法形容，儘管它讀起來平淡乏味，但值得安慰的是出自自己笨拙的手筆。於是我發誓要從文藝這方面下工夫，小芸也很贊成我的想法。她說：

「文藝是多方面的，要不斷地寫，不斷地看，方能悟出一點道理來。」

是的，文學的領域是太遼闊了。當我以身投向它時，才深深覺得自己的渺小和微不足道。我盡力吸收別人作品的優點，來充實自己。每逢暇時，完全沉醉在書本裡。

五月十六日

「山谷之晨」發表後，我又在報上發表了二篇短短的散文，大意和「山谷之晨」差不許多。我爲自己慶幸著，可是小芸卻恰好相反，她的見解是：「這二篇作品完全不合乎理想，它們有著一個共同的缺點——總離不開山、水、露、霧。也許是你的寫作範圍太小了，爲何不出去走走呢？你不要每天死啃著書本。所謂創作，也就是要創新，最好是每篇用一個不同的題材，寫出有啓發性、新鮮動人的作品，才能贏得讀者的欣賞。從明天起，只要你一有空暇，就到站裡找我，金門每一個地方我都很熟悉，在車上各形各色的人物都有，我可以告訴你，你可以用你的想像力，在其中得到新題材，我想這樣會擴大你寫作的領域的。」

人，真是太奇怪了，容易滿足，也容易失望。沒見到小芸時，我認爲有三篇作品在報上發表已很了不起了。然而聽完小芸的話，我才悟出自己的幼稚與渺小，今後我只有更加努力了。

五月廿九日

爲了寫作，我疏忽了日記，幾乎要變成月記，不可思議。

近些天來，小芸陪著我到處跑、到處玩，我倆快樂的像一對小野馬。幾次的郊遊，使我在寫作上有很大的收穫。我先後完成了「古崗湖畔」與「巴士之戀」兩篇，分別投給兩個報社的副刊。可是卻遭到退稿了，這給予我莫大的打擊。然而小芸的話卻不停地在我腦裡盤旋著，她說：

「舒舒，不要失望，你要知道有許多人在寫作，而只是極少數人的作品被採用，在寫作中的成長，就是你的報酬。」可是我仍然受不了這個重大的打擊，我煩死了……。

七月一日

爲了遭到兩篇退稿，我整整休筆了一個多月，腦子一片空虛，竟連日記也沒寫，我變得消極起來，小芸仍是那麼熱心的鼓勵我。每當我寫不出東西，悶悶不樂時，她總是說：「舒舒，羅馬不是一天造成的，沒有一位天生下來就是作家的，文藝領域雖然那麼遼闊，若要想摘取文藝園裡的美果，那要看你是否有恒心了。往往一件事情常不如想像中那麼容易，譬如一個成功的演員，他或（她）首先要能把自己的全部感情放進去，而後必須和小說裡的人物一起哭，一樣的笑……。寫作也是一樣的，看書充實自己固然不錯，但是吸收得太多，寫出來的太少；就等於吃得太多，得了消化不良症，寫吧！一篇退稿算什麼呢？」

七月廿日

在小芸的鼓勵下，我利用了半個月的空暇時間，完成了一篇五千餘字的短篇「雨天」。這篇作品，我灌進了全部感情，前後共修改了四次。終於被一家雜誌採用了。我收到一筆可觀的稿費，爲了感謝小芸對我的鼓勵，我利用一部分錢買了一枚別緻的胸針送她，其餘的全部買書。

八月五日

幾天來，我又胡思亂想了，幾個我認爲很嚴重的問題不時地纏繞著我。我發覺我缺少了一個文藝作家的基本條件——生活經驗。我缺少了一切的一切……

我不知道這樣去做是否對？

我要去摘取，我要去發掘，我要去體驗……

九月九日

迎著微微的秋風，頂著天邊片片彩霞，我又一次的挽著小芸漫步在山坡上，杜鵑花雖然早已凋落，但山坡的一草一木仍然令我們沉醉。

「舒舒，到底是怎麼回事?最近你老是悶悶不樂。」在一片枯萎的草地坐下，小芸深情地問。

「我發覺我缺少的太多了。」

「別沉不住氣，我不是說等小弟高中畢業再說嗎？」

「不，小芸，妳誤會了我，我知道要等小弟高中畢業。我缺少的並不是妳的愛，而是我寫作上的生活經驗。妳要知道我除了愛妳以外，文藝就是我的第二生命，我深深覺得我應該……」

「你的意思是……」她不解的問。

「我想報考九月初招生的軍校專修班，一方面可以替國家做點事，一方面可以從軍中大家庭體驗出我的寫作生活。」

「只怕你會受不了苦。」

「小芸，妳放心吧，爲了國家，爲了寫作，爲了妳，任何苦楚，任何打擊，我也會承受的了，祇要有妳的鼓勵。」

「但願如此。」

九月卅日

在信心與意念的催促下，我很順利的考取軍校專修班。臨行前，我寫了「別了故鄉」乙文，很僥倖，在我還沒有離金前，幸運的看見它發表在報上。

雖然我是從砲火中長大，歷經砲火洗禮的青年，雖然我已很堅强，但是理智往往控制不了情感。想起即將離鄉背井，離開小芸，離開……。內心不禁依依。

「舒舒，四年算什麼呢？爲了前途，爲了寫作，你要面對現實，努力去發掘你理想中的新題材。」

是的，我應奮發有爲，走向人生大道。

十月一日

別了，金門，孕育我廿一年的鄉土。

別了，家鄉父老兄弟姊妹們，感謝你們給予我的教導和鼓勵。

別了，小芸，我不會忘了妳給予我的一切。

「忠勇」號姍姍地駛出料羅灣，內心再度湧起一陣陣的鄉愁。

我會回來的，故鄉。

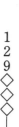

尾聲

五年後一個晴朗的星期六下午，正在給報社撰寫一個中篇。我接到了小芸的信：

歲月抖落了我的青春，卻抖落不了我對你的懷念。

小弟在校學業優等畢業，榮獲免試保送軍校。

算及今年杜鵑花開時，也將是你役滿還鄉的日子。

舒舒，別忘了，有一個人在杜鵑花開時節等著你……。

寄給異鄉的女孩

梅：

此刻隔著一窗碧綠的相思樹，在淅瀝的雨聲裡，爲妳寫別後的第一封信。六天了，停留在島上的雨像似永遠落不完，雨絲夾雜著濃霧，把山谷染得滿滿的一片白。山澗溢出的水，像一座小噴泉。雖然，這是一個令人厭惡的雨天，但它默默地以歲月凝聚的血汗，爲人們洗滌惡穢的道路，又有誰能體會出它那成長的過程，有多麼可貴呢？

回到金門，已一週了，每當想起妳，像遙隔著一道水晶玻璃牆。五年了，我們一直守著這份異鄉、異地、異親、異戚的情誼。誠然，五年的相識並不是很長的時間，可是友情的建立並不和時間有絕對關係的。此次初見，我們原可停留在陌生的境界，可是，妳並未曾那樣做，也未曾對一位來自遙遠的戰地，以及充滿著一股濃濃泥土味道的金門男孩有所偏見。在這世俗的眼光衡量做人標準的社會，那一襲黃卡其制服在妳眼裡仍然很神聖。這不是奇蹟。因爲我知道：妳有超越現實的眼光。我這樣說並不是爲了感謝妳連日盛情的招待，而假借文字故作誇張和形容，那完全是發自我心靈深處真摯的感受。

時間，是一切計算的重複者。儘管那美麗的往事像彩虹般的短暫，像雲煙似的易逝，但它留給我的卻是一串永不磨滅的回憶，就像那雨中的霧氣，一幕幕的展現在眼前。

廿四日臨近中午，在上海路找到妳的家，當我說明是來自戰地金門時，那和藹地爲我開門的婦人即以慈祥的微笑迎接我。在我的想像裡：也許她就是伯母。果真，不錯；她說：「接到你從高雄的來信，我們一直在期盼你的來臨。」是的，抵高的第一天，我即給妳一封短短的信，想不到在高雄一待就是一個月，那完全出乎我所預料的差假，難怪會讓妳們久等，也難免要讓妳誤解我已返金。妳說在在盼望中曾寄給我一封信。是的，返金的第一天我即展讀過了，雖隔數日，但我仍可一字不漏的背誦出來。在信上，妳寫著：「接到你從高雄的來信已十天了，在這十天裡，時刻都在盼望你的來臨，可是希望愈高，失望愈大，是否我們的熱誠不夠，使你改變北上的計劃？但我仍在盼望著，希望我們的見面能成事實。」對於妳的摯誠，除了更多的感謝，我還能說些什麼呢？尤其是在戰地土生土長的我，是不善於外交辭令的，想必，妳是不會計較這些的，對不？

午間，妳從公路局下班回來，我們没有經過那不必要的俗套，彼此從褪色的照片中憶起彼此的情形，一份愉悅的微笑同時在我們臉上綻放著。妳第一句話就問：「家人好嗎？爸好嗎？媽好嗎？」這雖然是一句極尋常的話，可是那不加粉飾的語氣，像戰地純樸的農村一樣，令人有一種樸實的美感。妳放下提包，即開始旋轉於廚中，看妳如此的忙碌，逐使我想起遠在戰地的家：爸是否從山上回來？媽可曾備好了午餐？哥哥是一位爲事業奔波的大忙人，此刻，也許那綠色的，藍色的，以及紅色的計程車正馳駛在綠葉成蔭的中央公路上呢！太久太久沒有見到他們了，而當妳爲我夾滿一碗佳餚時，卻愈增加我對他們的懷念。

午後，妳即以地主的身份，實現嚮導的諾言。我們的第一站是圓山動物園。長居於山谷的我，一旦踏入這鬧區，一旦看到那青春活躍的人群，彷彿也把我提昇至另外一個境界。我曾試著把這鬧區紊亂的交通與擁擠的人群和戰地做一個比較，也許被認爲很危險的金門戰地，要比在這人擠車，車擠人的鬧區要安全多了。可不是；穿越於馬路和街道時，總有瞻前顧後、提心吊膽被輾斃的危險。而前線呢？共匪瘋狂的砲彈固然也可怕，但以戰地堅強的工事，和宏偉的建築，毛匪販賣祖業換來的砲彈，只能視它爲一粒小石頭，豈能奈何於被譽爲世界之鋼的金門呢？

看完「明星」的「風塵客」，我們又轉至「國都」看「陌生人」。也許妳不會相信我把金門的「擎天廳」描述得那麼偉大。它實在是遠勝於這不夜之城的任何一家「大戲院」，誰能想到在高山巨石之下，竟能以人力開鑿成一所可容納千餘名觀衆的電影院呢？固然，它沒有豪華的設備和裝飾。然而；可貴的並不在於這些，而是它偉大的工程！「國都」的一張票，在此可看十餘場，相信全世界再也沒有比此更廉價的電影院吧。我們是何其幸運地生長在這戰鬥的最前線！若妳能成爲我們家中的一員，那該多好！

妳安排好的「野柳」、「碧潭」、「烏來」、「木柵」、「石門水庫」之遊，都被那惱人的雨所阻止，我們曾去到那排著一條長長的龍的車站，而就如妳所說：「老天偏不作美」，又一次的改變我們的行程。我們緩步到「博物館」，參觀吳炫三的畫展，雖然我們不甚懂得「現代藝術」，但我們曾對吳炫三那一幀幀心血結晶品彼此交換觀後的心得。

步下「博物館」的石階，妳即展開那把美麗的小傘，我是一個傻得不懂從妳手中接過傘柄的男孩，聰明的話，我會說：「此刻我正陶醉於傘上優美的樂章，故而遺忘了男孩應有的職責。」可是。這些不是發自我心靈深處的話，我寧願承受妳的指責而沉默。要不，我是不會選擇獨居在「山谷」讀書的。以我體內所潛藏的活力，我也不會孤獨得像一位「小老頭」。爸媽、哥哥，以及許多親友們，都曾擔心我會因絞盡腦汁而成爲「神經病」。可是六年了，二千多個日子，我不是好好的生活在這景色優雅的「太武山谷」嗎？雖然那販賣腦汁換取而來的稿費養活不了我，但我會爲我的熱愛和理想而繼續下去的。

在「第一公司」的四樓，我們停頓在那無邪的童聲中，妳問我說：「想玩些什麼嗎？」而我突然聯想到一個古典的問題。也許，妳還以爲我是數年前給妳的那張照片中的小男孩吧！告訴妳，且讓我告訴妳：我已長大了，不想玩些什麼，毋寧說不能再玩些什麼了。這只是屬於那群天真無邪的孩童們的世界。而妳該也記得數年前由鄭轉贈給我的那張小女孩的照片吧？只不過那成長中的過程比我更快而已。

看罷「中山堂」的「東京世運會」，已是子夜十一時了。在這不夜之城，仍然閃耀著五顏七彩的霓虹燈，若在戰地；此刻定必寧靜得像隱藏在深山中的小清溪，和平而安祥。迎著霏霏細雨，我們來到「圓環」，同行的還有令妹。我們邊嚐著各種鮮味，也彼此交換家鄉的「風俗習慣」。尤其當我們談到「婚俗」時，妳問我說：「金門是否還盛行著一種叫『三八』婚制的。」我曾把歷年來政府改良「民俗」的經過，向妳做一個簡單的論述。我也問起妳們的「大餅」聘禮，妳說：「那只不過是形式而已，其實每盒裝兩個也是可以的。」我們莫不爲彼此不同的「婚俗」感到好笑。

五天了，濃濃的情誼使我遺忘妳白天要上班夜間還得去上學。當我猛地覺醒時，我不得不作南下候船返金的打算。妳堅決地要我過完「端午節」才能走。然而；不能，隱藏在我心頭的已有太多的歉疚。仔細的想想，我是不該選擇在此時來晤妳的。請假一天，將扣除妳一天的「薪給」，而被延誤的「審計學」該作如何的來彌補呢？但願不要因我的打擾而影響到妳的學業。妳無論如何要我再停留一天，因爲妳已爲我打聽到鄭的消息，並已和他取得連繫，而且也替我答應晚間在車站見面。鄭是妳以前的同事，也是在金時期和我很要好的朋友。在我的猜想中，妳和鄭好像有一段美麗的往事存在著。然而，我的猜想錯了。當我們會見鄭時，鄭邀妳同行，妳卻謝絕他的好意，要他早點送我回家。那晚，鄭陪我到「金龍酒店」聽歌，又到「龍山寺」進香，他曾孩子似的要我問妳爲什麼還不結婚，我告訴他說：「我沒這份勇氣。」而想不到在我南下的候車室裡，妳竟毫不隱瞞的告訴我說：「我已立下一個誓願，不會嫁給同學和同事的。」我無語的搖搖頭，卻不願把最後僅存的這幾分鐘，浪擲在我們沉默的冰山下，於是我說：「若果有一天我爲妳辦好出境手續，妳願有一次戰地之行嗎？」妳說：「願意的。」意志那麼堅決。妳的答覆是那麼的令我滿意。畢竟，妳是經得起時代考驗的女孩。我將爲妳願爲「金門之客」以及「陳家之賓」感到榮幸。但願有一天，讓我真能做一名我遠來客人的嚮導，好讓過慣了喧囂的市區生活的妳，享受一番戰地特有的純樸和寧靜。

擴大器清晰地傳來：「到高雄的旅客請準備進月臺」，我們無語地從椅子站起，一份淡淡的離愁逐漸地從我們心中湧起，那是涉及著數年的情誼所感染的離別況味。妳接過我手中的提包。這是古中國應有的美德，可是我畢竟沒有這份榮幸要妳來爲我效勞。妳緊隨在我左側，緩緩的跟著我前進，而後，聲音柔柔的說：「若果我不能到金門去的話，希望你能常來玩，別忘了家人是那麼的喜歡你。」總有許許多多的話想說，以及想告訴妳一個古老的傳奇故事。可是我的聲音是那麼的沙啞，始終發不出一絲微小的音調；那無情的欄干又那麼不客氣的阻隔著我們。妳伸出手，讓我緊握著，總想從那柔柔的手中握出一絲微妙。而微妙有些茫然。一聲「旅途多珍重」激動了我蠕動已久的淚滴。別時容易，見時難，再相逢；何處？也許就是我們的寫照吧！

啊！梅：寫到此，雨已逐漸地停了。大地像一位情竇初開的少女，山谷更是煥然一新。連日霪雨過後，將是大好晴天，我們未來的希望，要像那雨後的陽光，將會倍加光明！

雨天

我想起：南方來的那姑娘

那年，我十七歲。

上完高一一個週末底最後一課，在圖書館走廊的聖誕紅下，發覺一位憂鬱底姑娘，正躲於樹後低聲地啜泣。

一個霧天，一個雨後朦朧的霧天，我仍發覺她躲於霧中底朦朧，淌著悲傷的淚水，像似有滿懷悲傷與回憶。

搖頭，總是搖頭，每次問及她：姑娘，妳爲什麼哭哩？她總是冷冷地搖搖頭，悽然地啜泣著。而我真不明白，不明白她是屬於霧中的那一個故事，是悲？是喜；是甜？是苦。哦，迷惘，迷惘，悽然的迷惘。滾落在她面頰底水滴，不知是霧珠，還是淚珠；不知是她喜悅底淚水，抑或是悲傷的淚珠？

姑娘，妳爲什麼哭哩？那天，彷彿就在昨天雨後朦朧的霧天，我抖落滿身痴迷，神色悽然地問。

沒有，沒有，我真的沒有哭啊！

那麼妳流的是悲傷底淚，抑或是喜悅底淚？

我祇是憐惜一顆殞落底星星。兩粒豆大的淚珠，又滾落在她那欲笑底雙頰。

能告訴我一個屬於殞落底星星的故事嗎？

她默默地點頭，淌著悲傷底淚，輕輕地爲我細訴一篇動人的故事：

我有一個富有家庭，爸爸經營一片龐大的百貨生意。爸個性很強也很固執，凡事祇要他認爲對，就不許有其他人插嘴。本來作爲子女的是不應該任意批評自己的爸媽和長輩的，所以我祇不過是說說而已。

媽是一位體弱多病慈祥的婦人，她老人家很少說話，每天總離不開針藥與床，家人莫不爲她的健康而擔憂。

姊姊去年由北商畢業，她代替了媽的工作，還要幫助爸爸整理帳務，累得她團團轉，可是從沒說過半句怨言。聽店裡僱用的王小姐說：姊姊和一個男人正在談戀愛。爸爸最看不慣現代年輕人的戀愛作風，假若傳到爸爸的耳裡，那可慘了，非要罵上半天才肯罷休，我真替她擔心。

在這個富有的家庭裡，我是屬於最幸福的一員，因爲我是么女，爸媽視我爲掌上明珠；凡事有求必應，姊姊也極疼我，從來沒有和我爭吵過。富有的家庭，養成了我無憂無慮的性格，可是我並沒有因爲家人的寵我而自傲，我也學得很乖，很用功的讀書，每年的成績，都是在前三名之內。

前年秋季，我幸運的考取中學，爸爸認爲有光耀門第，於是買了一只很名貴的金錶送給我，在盒上還親自寫著：

「失去的財富可以勤奮獲得，健康減退可以療養復原，遺忘的知識可以學習重記，疏遠了的朋友可以恢復友情，甚至敗壞了的名譽，也可以用美德補償重振，但誰能阻止溜走的時光，喚回失去的歲月？

——願吾兒惜時——」

一個朦朧的霧天，我放學經由公園走過（那時我已是初二的學生了），在不遠的霧氛裡，一個熟悉的背影映進眼簾，那是姊姊！那是姊姊！我喜悅的歡呼著，而正當我將呼喚的剎那，在姊姊身旁，卻多了一個陌生的背影，他們手挽手的走著，像似出現在銀幕的一對情人。我頓住腳步，不敢打擾他們，因爲打擾是最不禮貌的，我衹有在背後偷偷地看看，腳尖踢著霧珠走，除此之外，我的神智完全消溶在那茫茫的霧氛裡。

驀然，一聲嬌嗔的呼叱把我從昇華的夢境裡拉回到現實。

慧貞，妳放學啦！是姊姊的聲音。猛一抬頭，我竟走到姊姊身旁，那位陌生的男人，手還挽著姐姐的手，一陣緋紅掠過臉頰，隨即，我又低下了頭。我開始有點討厭他們，在一個中學生的面前是不該有那些肉麻的舉動，何況這是金門啊！金門人應該有他生於金門的美德，走路就是走路，散步就是散步嘛！爲何還要挽手走呢？我真不明白，難道要博得人家的羨慕，抑或是表示他們的熱情？

慧貞，幹麼老是低著頭，來姊姊給妳介紹。隨著姊姊的聲音，我微微地抬起頭來。

這位是陳康白先生，是姊姊初中時的好同學。姊姊說後，我禮貌地向他點點頭。在這種場合裡，凡事我也懂得冷靜，因爲我已是初中二年級學生了，更應該懂得禮貌。

姊姊，你們談談，我先走一步，回家還得做功課哩！

好吧！妳先走，爸若問我上那兒？妳就說：出去一下馬上回家，

我禮貌的向她倆點頭說再見。這裡像似沒有我停留的餘地，我飛跑似的走著，想著，沒有回頭看她們最後一眼。我仍怕見到她們手挽手的情景，因爲我是中學生。可是繼而一想，姊姊已滿二十歲，是應該有一位較好的男朋友。

回到家裡，店內連一個買東西的客人也沒有。王小姐低著頭，坐在櫃臺裡，正聚精會神的看小說。

喂！我頑皮地逗她。

小鬼，嚇我一跳。這麼早就回來啦，我以爲妳去當電燈泡呢？

電燈泡？什麼叫做電燈泡啊，我可不懂。我睜大眼睛，莫名的問。說真的，我從來沒有聽過這名詞。

燃燒自己，照亮別人，叫做電燈泡。反正妳還小，不懂。

我小嗎？是的，我還小。我祇不過是一位十五歲大的初二學生吧！不懂的可多哩！反正這種鬼話我也不需要懂，更不需要聽。假若有人問我：小貞，X＋Y的平方是什麼，那我一定很高興的坐下來，取出筆，分解給他或者她們聽。

寒假很快又來臨了。

在結業典禮中，我照例要步上講臺，領取我用功換來的代價——一份豐盛的禮物，那是屬於成績優等的前三名底獎品。

爸爸大大的誇讚我一番，說我是許家最有出息的一個，祇要他健在人間，要供我修完博士，獨創全金門得到博士的第一位。我曾默默的向上天祈禱，但願會有這麼一天，以證明男女平等的說法。

一個有風的陰天；雨，落著，落得很大很密。

屋簷上的水滴，像條喘急的小溪，刷刷地奔流著，玻璃窗上被雨水打得滴滴答答地響聲，發出一種悲傷凄涼的音調，像似一個嫠婦在哭泣。我照例的在房裡做功課，突然，一連串的熟悉聲音自客廳傳來。我放下功課，從門縫裡偷偷地看。

爸爸坐在桌前的大靠椅上，姊姊坐在右邊的沙發，還有一位青年坐在姊姊的對面，他，就是姊姊的男朋友——陳康白。

結婚？爸爸睜大眼睛，死命地盯住陳康白。那好，好，是好，不過我有一個小小的條件，只要你姓陳的辦得到，我就無條件的答應這門親事。爸爸說後，猛力地吸了一口煙。

老伯，有什麼條件請你儘管說吧！祇要我陳康白辦得到，絕對沒問題。說後，看了姊姊一眼，得意的笑笑。

姊姊一直低著頭，像似有滿懷心事。

陳康白，你不愧是一名爽直的好青年，麗貞總算沒有找錯對象。目前金門正流行著一種奇怪的婚姻制，那就是所謂八千元、八兩黃金、八百斤豬肉所組成的「三八」婚制，聘禮送的愈多愈是有體面，我許家代代經商，在社會上也有點兒聲望，這點你可要明白。

是啊，老伯，雖然政府再三的提倡節約運動，嫁女不能收送聘金，但是看在老伯的面子上，總要送上三五百元給老伯你買香煙呀！他很不自然的笑笑。

陳康白，我許某雖然大學没畢業，但我還是明是非知廉恥，豈能收你五百元呢？我只要三百元邀幾個好友喝杯老酒就夠了。爸爸神色蒼白地從椅子上站起來：不過得煩你把三百的後頭，稍為加兩個「〇」字，陳康白，你說好嗎？你說——好——嗎？

老伯，這未免太過份點吧。

過份！哈，哈，哈，過份。陳康白，老實告訴你，我可沒有那麼多閒工夫和你談這些風涼話。你若想要我女兒，三萬元聘金的面子總得給，若拿不出來，哈，哈，就別怪我許某太不近情理，不成全你的好事。

老伯，「三八」這個風氣早已經過去了，目前的婚俗聘金收得愈少愈有體面。何況你生意做的這麼大，既不愁吃，也不愁穿，要那麼多的聘金實在過份了一點，只要你老伯答應我們的婚事，我陳康白此生也難忘你的大恩大德。抑或是待我們婚後再慢慢的把聘金如數的還給你。老伯，這不是很好嗎？

哼！好，好，好，好個屁，拿不出這個數字給我滾遠一點，還是一個堂堂男子漢，竟連討老婆的本錢也沒有，真他媽的沒有用，還想結婚！爸爸猛力的跺了一下腳，大聲地咒罵著。

老伯，說句不客氣的話，你女兒是嫁給我，不是賣給我啊！你若承認說是賣給我，那對不起的很，我陳康白可買不起你家大小姐。

康白，你是什麼意思？侮辱我沒關係，你竟敢在我家教訓起爸來呀！我不許你這樣做。姊姊悲傷地哭著：你既然愛我，你就應該尊重我，我們的人格都是相等，我不許你侮辱我的人格。

麗貞，你說什麼啊！說什——麼啊！難道我沒有錢就不能結婚，哈，哈，哈，錢，錢，錢，錢！妳愛的也是我的錢嗎？有其父必有其女也！妳這人面獸心的狗東西！

康白，你瘋啦！瘋啦！瘋……。姊姊大聲地哭著喚著。

姓陳的，拿不出聘金來，廢話給少說點，若不聽老子的話，當心拳頭。

許老伯，你口口聲聲的要錢！要錢！要錢！請問你，金錢能買到幸福嗎？你與令嫒也許太過於崇拜金錢了吧?!真正的愛情絕對不是金錢能買得到的。你別以爲金門男多女少，想用嫁女的名譽來敲詐一筆錢，發筆橫財。許先生，你錯了，雖然目前金門男多女少，可是你抱著這種錯誤的觀念是行不通的。政府再三的下令提倡節約運動，提倡改良婚姻陋俗，如今你非但不服從政令，反而往壞處去實行，請問你，這種做法對不對？

哼！好小子，討不到我女兒，竟拿什麼政府來嚇唬我。告訴你，拿不出聘金來，休想和我女兒結婚！我看你小子還是趁著下雨天，儘管上太武山發昏去吧，別他媽的想結婚！

許先生，你又錯了，俗語說：天涯何處無芳草。不要說天涯，就拿我們金門來說吧！是不是祇有你許家那麼一個女兒呢？假若我有那麼多錢，也不會用來買一個太太，更不會爲了你女兒不嫁給我，而難倒我！我自信能在這男多女少的金門，娶一位不收分文聘金的太太。更深信全金門除了你家嫁女要聘金外，在政府提倡節約，改良陋習的號召下，找不出第二位要聘金的家長了。許先生，你應當向他們看齊才對啊！別做一頭「害群之馬」破壞金門美好的聲譽；更別到時女兒上了花轎，再掛上一塊「賣女兒」的招牌，那是多麼難聽與可恥啊！今天打擾你們啦，我陳康白向你們致上十二萬分的歉意。不過在我臨步出許家大門時，不得不再提醒你們一下，那就是，請記住，損失你個人的名譽不要緊，金門，美麗的金門聲譽不能損。

陳康白走後，我的家隨即就變了。

爸爸的和藹變爲暴躁。

媽媽的慈祥變爲嘆息。

姊姊的歡笑變爲哭泣。

祇有我，多麼可憐的我，多麼無知的孩子。不知什麼是暴躁，不知爲何而嘆息，更不懂姊姊爲何要哭泣？

一個陰雨天，太武山巔，浯江溪畔，正飄著茫茫的霧氛。這也就是春之聲吧？綠衣郵士突然送來一個紙包。像霧那麼白，白中帶點灰色，灰中隱約可看見幾個字，是陳康白要交給姊姊的。姊姊看後泣不成聲。她病了，真的病了；爸爸爲她請來的那位大夫卻說她沒有病。這是不可能的，當她看完信後，一陣啜泣就暈了過去。那片霧就消失在她手中，飄落在地下。

不像霧，也不是霧，當我從地上拾起來時，就像一朵雲，一朵皎潔的白雲，白雲之中，沾著幾許黑雲，黑雲之中，又像似是一連串的心語。

麗貞：

當這封信飄到妳手中時，我已航行在臺灣海峽了。不必驚奇，也不必難過，我不會像一般失戀者那麼傻，那麼沒有氣魄，跳水啦、喝酒啦、吃安眠藥啦……這些都不是我們人所爲的。相反地，在這段日子裡，我學得更堅強，值得慶幸的是我利用這段時間，溫習功課，已順利的考取軍校，今天也就是我赴臺報到的日子。

麗貞，至今我才深深地體會到，一個青年人，要趁著年輕力壯的時候，轟轟烈烈地爲國家幹一番，不應該整天迷戀在情人溫馨底懷抱裡，妳說對嗎？

最令我遺憾的是家鄉不良的婚姻陋習，雖然在政府提倡改良後完全消失，可是現在居然還有少數家長，不顧兒女幸福，死命的要錢，要錢，這種不良作風，是我們生長在金門子女的恥辱。但願我明兒立功返家省親時，能目睹這不良的風氣，消失在太武山峰的濃霧中。現在讓我告訴妳一則屬於我的喜訊：我於離金前夕、經雙方家長同意，已和服務於縣級機關的王麗蓮小姐先行訂婚，一待立功返家成親時，必定請妳與老伯喝杯喜酒。

哦，對啦，在我們訂婚的儀式中除了收送一點薄禮外，絕沒有「聘金」與「三八」的存在，若不信，可請妳去問我的那一個。紙短情長，打擾之處，尚請諒解。

祝妳

幸福

陳康白　手上

難怪姊姊要哭，這朵雲，分明不是屬於白色的。是灰色，灰中有刺，一支狂者之刺，猛刺在姊姊的心上，難怪她要哭嘛！春天，停留在金門的雨像似永遠落不完。飄渺在太武山頂的霧也像似飄不完。

一個沒有月亮的晚上，天邊卻閃耀著一顆暗淡無力底星星。在子夜時分，突然殞落在佈滿霧珠的草地上。

於是雨落得更大；霧飄得更濃。

大地上所有的雨滴霧珠，彷彿都是爲了追悼那顆殞落的星星而落的。

眼看那顆星星是屬於姊姊的——

爸爸後悔極了，誓要把陋習改革，死後始能瞑目。

媽媽一直掉在悲傷的深淵裡。

我，也懂得落淚……。

鈴、鈴、鈴的放學鈴響，那姑娘——躲於霧中哭泣的那個姑娘，輕輕地說聲：

放學鈴響了，我底故事也說完了，但願聽故事的人兒，不要給予我憐憫與同情。

我默默地點點頭。

讀高二的那年，我十八歲。

小我一歲的那姑娘，去年躲於霧中啜泣的那姑娘，已是一朵含苞底小荷花。我們正式的伸出真摯的手，結爲一對同學中的朋友。每逢雨後的霧天，我們常愛逗留校園，欣賞園內的霧景。

妳爲什麼特別偏愛霧呢？我常這樣的詢問她。

以前我怕霧，一見到霧就想哭，尤其是雨後朦朧的霧天；現在我卻喜歡著霧，尤其是南方的霧。你喜歡嗎？

是的，我也喜歡，更爲妳而喜歡，可是我不明白妳爲何偏愛南方的霧。

因爲我是南方來的，所以我喜歡南方溫柔的霧。你喜歡金門南方的霧嗎？

我也喜歡南方的霧，更喜歡南方來的姑娘。

假若有一天我回到金門南方去，你會懷念我嗎？

我會永遠的懷念南方來的那姑娘。

學期結束又開學了。

註册的那天，不見南方來的那姑娘。

一日，二日，一年，二年，仍無南方來的音信。

我開始茫然卻愈增我對她的懷念。終於在歲月的巨輪輾過後，我漸漸地把她遺忘了，腦裡再也記不起她的影子。

昨天，雨落得很大很密，太武山緊緊地披著一褸白色底輕紗。是雨天，也是霧天，當我佇立在山外街頭，驀然，一個熟悉的背影掠過眼前，那是誰？那是誰？我悽迷地從霧中走進雨中，又，又從雨中走進霧中。那一連串的水滴從面頰滴下來，不知是雨滴還是霧珠。抑或是淚珠。哦，雨天，我想起了，她是南方來的那姑娘。而當再度映進眼簾，身旁卻多了一位撐傘的陌生客。

抖落滿身雨滴與淚珠，我默默地爲她祈禱。

雨天，逐想起——南方來的那姑娘。

我默默地爲她祝福。

第三輯

時間可說是一個妙術無窮的魔法大師，它能使美好的變為醜惡，使鐵血的果實化為煙雲。

評心銘的「雨季」

「雨季」是本縣籍青年作者心銘參加冬令文藝營完成的詩作。以詩的「觀點」來看，「雨季」是頗爲「鬆懈」的，它的「詩質」顯然是稀薄了一點，可是它給予讀者的不祇是訴諸快感的形式美，而是在內容上，他的詩能給予讀者真實的感受，這感受是訴諸心靈的。不可否認地，一個詩人——尤其是一個現代詩人，單憑「敏銳」的觀察是不夠的，有時必須補之以「想像」。作者細心的體會生活的靈巧，這就是他成功的一點。現在，我們請看「雨季」：

我來時鼓聲已寂
那回聲的氣息瀰漫著
我們在雨中成長
把名字像一朵花開在水上
有初初插在鬢角上的馨香
譜下生命二重奏我們已甦醒

在四度下我們用咖啡煮雨
午夜就有人
踩著杯底的黑姍姍走來……

一首抒情詩的創作，最重要的是詩人本身先有的感觸，以及有所抒寫的對象，他可能將他在日常生活中所想，所知的種種凝塑一個「形象」，而這個「形象」足以表達內心語言的「形態」，這也是詩人內在情意的一種表現。數年來詩一直是領導文學思潮的先驅，一個詩人若果沒有這份才情和豐富的知識是無從著筆的。現代詩的創作，特別重視的就是個人風格的塑造，無論在言語和形式，都必須透過詩人的藝術技巧；它的內容必須是新穎而豐富的，但並不一定要故意賣弄文字和技巧，讓讀者吸收不了才算是一首極有份量的好詩。往往，看似華美，實質上卻是一堆經過裝扮的文字，毫無意義可言。「雨季」雖然要求的文字「通俗」了一點，但只要我們細心體會，會察覺到它並不「俗氣」。文藝營始業於二月五日，也正是年初五，鼓聲不可否認地沉寂了，可是我們的耳旁，總會迴響著一陣陣當時幽美的樂章。報到的那天，恰逢是島上天氣最惡劣的時候，可是五十位學員並未受到寒流以及風雨的影響，也就是作者所謂的「我們在風雨中成長」。可是爲什麼要把名字像一朵花開在「水上」而不開在「地上」呢？這是作者句法的「交錯」，交錯中的句法並不「鬆懈」，相反地還能產生一種清新的格調，就猶如「有初初插在鬢角上的馨香」。

第二段，作者把握住「始於輕鬆，終於嚴肅」的方式來表現他的作品，技巧上雖不十分完美，但格調卻是幽美的，更有一種掃清「俗氣」的感覺。反正咖啡煮雨，雨煮咖啡，在形式上還是不變的，尤以作者把杯底的「黑」用來形容雨中的泥濘，使結構更顯得完美。

當然，「雨季」並不是心銘的代表作，至少，是他心靈真實的感受，相信從文藝營歸來的每一位學員都會引起共鳴的。當他完成初稿時，曾得到來金輔導的詩人鄭愁予以及管管的讚賞。一個作者在呼應時代的徵召而所表現的，絕對不是一種依附的行爲。心銘在寫詩以前，曾以散文「乍見一片落葉」與「紫羅蘭」，榮獲許多掌聲。誠然，心銘的作品還需要磨鍊，但我們可從他早期的詩作與近期作一個比較，我們會發覺他是一個感情豐富，潛力超人的「詩人」。

現在，我們請看他早期的「一片楓葉」：

數聲知了的凋零，
寂寂然，那蟬兒哩？
馬尾松搖落一身痴，

陡地一片落葉——
這是哪，秋哩！
楓樹下，妳的秋波盪漾。
怎不見妳盈滿春水的美渦，
剎那？永恆？
是幾許光年？
秋聲已遠，遠遠是幾季秋？
斟滿殷紅，幾道夢痕，
好個淒迷底秋哪，
依稀裡，妳的巧笑倩兮，
悄悄告訴妳，
一個冷豔的故事寫在一片楓葉上。

我們不難體察作者表現的是什麼，他所攫取的意象都是清晰、明澄，而可予分解的。在他的反面，我們更可以看見他那豐繁而燦亮的思想。詩，是要我們去「感」，而非要我們去「懂」，只要我們不從表面上去瀏覽，自會領悟得出他生命的「熱灼」和意志的「强韌」。

以上從「一片楓葉」到「雨季」均是心銘在校期間的作品，畢業後的心銘，寫作並不振奮，僅只完成了「唇與星」，而他還有把筆冰凍起來的打算。其中因素固然很多，但最主要的還是他的興趣已逐漸地轉向音樂，雖然詩和音樂有密切的關係，但我們還是希望心銘別讓自己的筆尖生鏽，發揮他的才華，寫出幾篇有「聲」有「色」的作品，以饗關懷他的讀者，相信以他現在的勤奮用功，加上天賦，幾年後的心銘定將是詩壇上的一顆彗星。我們願以此，作爲對心銘的鼓勵和祝福！不是批評。

五十七年十月於太武山谷

評靈彬的「夢碎時」

「夢碎時」是一篇不大尋常的作品，無論它的形式、情節、結構都與時下一般流行小説迥然不同。作者靈彬先生充分發揮了自由開拓的創造精神，以思想爲主體；以情感爲核心，更以一些具象的詞彙來描述他内心的真摯，以及從那真摯擠塞出來的句子。

不可否認地，小説創作進行「革命」已不只在於現在，許多舊有的創作理論都被推翻了。一篇小説已不再是表現一個動人的故事，它不注重景物的描述，也没有傳統的程序和結構的統一性，當它叙述一個突出的情節時，我們所感受的也不再是一個行爲的概念，而是一堆類似譜亂了的樂章，裡面溶解著煩躁，空寂的憤怒！

今天，我們所要討論的「夢碎時」就是如此的一篇作品。雖然我們不能輕率的把它歸類於「意識流」、「心理分析」或者是「新潮派」、「唯新派」，但我們屬實不難體察作者深深把握此一原素的苦心是什麼。

全文約六千字，故事以第三人稱在第一小節裡，作者以「空間」來作爲整篇故事的開端，並以它來陪襯人物的背景，我們現在請看：

「她托著腮，兩顆大大的眼睛凝著窗外椰子斑影，她想看好藍好藍的天空，幾朵飄逸的雲流盪過天際，她撇著雙唇顯得好無奈的神態，七月焚燒的太陽吊在讓人窒息的天空，三十二度的空氣瀰漫著整個教室似在催眠。」

看完這短短的幾十個字，我們已不難明察故事的「空間」——教室，與「季節」——七月。更能意識到「她」——撇著雙唇顯得好無奈的神態。

繼而是作者以「她」的數學老師——眼鏡王不幸的婚姻作爲情節演化的註腳，使女主角——慧慧對某一種事物發生「懸疑」，因而建立起可信的「糾葛」。當然，作者所欲表達的思想並不完全在此，而是以「她」的家庭爲「軸」——父親終年漂泊在藍藍的大海裡。母親是一個經常讓「她」自己晚餐的婦人。因而，「她」從家庭中得不到溫暖，「她」又是一個忍受不住寂寞的女孩，迫切地想得到一隻能給予「她」溫暖的手——愛情和友情。於是在一次大專籃球賽的偶然際遇裡，「她」認識了林雄，十八歲或許是少女織夢的年齡吧，愛的心扉就這樣被他掀開，何況喜歡一個男孩又是一件自然的事，也是生活裡必然接受的事實，於是在一次約會裡，我們且請看作者如何的來描述它：

「他發抖的手緊抱著她的頭，她想掙扎、掙脫，強而有力的雙臂壓住她的手，她一直的發抖著，掙扎著。

月亮被一朵烏雲壓著，大地靜寂的可怕，他不斷的發抖、掙扎。

頭昏昏沉沉的，火焰燃盡急促的下降，她眼睛濕潤的含淚……。」

不可置疑地，這是時下一個嚴重的問題，作者靈彬先生毫不膽怯地把它呈現在讀者面前，一個作者的偉大處正因爲他不畏懼真理；不怕吐露實情，這也是全文中應有的理念。

人物對話是本文的一大敗筆，作者似乎沒有把握住人物內心的突然變幻，在故事即將進入「糾葛」中，每一句對白彷彿都不是出自人物口中，而是作者硬從筆尖中擠塞出來的。若果作者能將這些陳腔的對白用以內心的描述或行動來表達，將會產生較强烈的效果。

五十九年八月脫稿於太武山谷

評胡德根的「凌工書記」

讀過V·克蘭青科的「我選擇了自由」的讀者，或者都會有如此的同感，他是逃到美國後才開始執筆的，多少含有一點主觀的意識。然而，我們若曾讀過巴斯特納克在蘇俄本土上寫成的「齊瓦哥醫生」，或者我們可以想像到，他絕對沒有主觀的意識和報復的心理；他只是憑藉著自我的良知，以真實而多彩的藝術之筆，描繪出在共產暴政統治下的人們的真實生活底感受。誠然，共產主義殘暴的政權已猖獗了半個世紀，儘管它的鐵幕嚴閉，暴政殘忍，仍然無力斷喪潛在人類靈魂深處的意志。嚴閉的鐵幕，也關不住人性中自由靈魂的流洩。人之所以爲人而不是獸，正因有其崇高的自由意志，任憑極權統治者施以多麼殘暴的壓制，亦只能壓制住人的「身」，而壓制不住人的「心」。相反的，壓力越大，反抗的力量越强，「暴政必亡」已是寫在歷史上永不動移的篇章！

雖然，胡德根的「凌工書記」與巴斯特納克的「齊瓦哥醫生」還相距著一段距離，但我們屬實不難體察到他欲表達的意象是什麼。他除了有一個極端正確的主題外，而顯現更明晰的是透過他嚴肅的筆尖，揭穿共產主義虛僞殘暴的真面目。作者把整個故事置身於人物之間，揑造出一群有性格的典型人物，使他們能在各種衝突下和不斷地解決衝突中去形成故事，人物刻劃的成敗，也將直接的影響整篇作品的成敗。若果有人認爲「凌工書記」成功的地方是「小説的故事」，那毋寧説是「人物的刻劃」還恰當點。作者不但對於人物的「來龍去脈」有極明晰的交代，並以二個典型人物來顯現三個家族。

一、凌工書記：原名凌大龍，弟弟凌大虎，妹妹凌紅妹，從小兄弟二人幫人家放牛，老爹是個巡夜更夫，去世後剩下老娘帶著么妹幫人家洗衣燒飯，純是一個「成份良好」的「無產階級」。在他十三歲那年，殺了一名富家子弟，案發後，家裡呆不下去，只有偷偷的離開家鄉，爲了害怕被人逮捕，以致把名字改成「凌工」。

二、喬家寡婦：她是一個活寡婦，曾在「解放」前與她結婚不到一個月的丈夫被共產擄掠去上山下鄉，到處流竄，過著原始的流寇生活，始終沒有回過家。她的婆家只有一個老娘，「解放」後被共產黨以「嫌疑份子」家屬的名義，關進牢裡，不久被活活的餓死。她的娘家姓秦，在她還未出嫁時，曾有一次大荒，流竄的共產黨乘機搶奪她娘家的糧食，並把她唯一的妹妹姦殺掉，打傷她的老爹。當大陸還未變色前，她的弟弟爲了要替被姦殺的妹妹報仇，獨自離家出走，也因此，使她爹娘被戴上「革命家屬」、「剝削人民」、「地主階級」的帽子，在一次「鬥爭大會」上兩人都送掉了老命。

次要人物值得一提的就是天九王韓老二，在共產黨中他也是一個成份良好的「革命同志」，曾在「抗美援朝」中「志願」參過軍，朝鮮戰場上，表現大好：在一次戰役中，獨自幹掉「美帝」十五人，回國後，「國防部長彭德懷」召見過，在一次表揚大會上對他還鼓吹一番。「總參謀長黃克誠」也和他握過手。這樣的成果對他來說，該是一個流芳百世的豐功偉績，也因此，引起「凌工書記」的嫉妒：「孫猴子和如來佛打賭，看誰贏誰輸，走著瞧吧！」

作者對人物的「去」曾作如下的安排：

一、凌家：凌母死於「反動言論」、「煽惑群衆」的罪名。凌大龍、凌大虎、凌紅妹，三兄妹死於戰場。

二、喬家：夫婦倆均英勇地戰死沙場。

三、天九王韓老二：犯了思想上的大錯誤，有的説解送到邊疆去「勞改」，有的説被「整肅」，有的説已在夜晚南門外的亂葬崗「活埋」掉。

四、組訓幹事：爲了與喬家寡婦約會，被凌工書記所殺。

五、其他除了尤二棱子活著，霸四方秦宏重傷，斜眼張七、凌工書記的司機、趙三眼、地主吳聾子、禿子李五等均死於戰場。

雖然，他們死的死，傷的傷，除斜眼張七、凌工書記的司機投靠凌工書記外，而可貴的是多數並未受到共產極權暴政的影響，在反共號角響徹雲霄時，仍然能一致的把槍口對準共產黨，爲他們的冤恨洩忿！爲他們死去的父老兄弟報仇！

看完前段，我們已可證實胡德根是位有條理有秩序的作者，他除了刻劃出幾個典型人物外，更以一些具象的詞句和描述，來使我們更深一層的去認識共產黨徒喪天害理，失去人性的面目。在他們那所謂「一杯水」遍地洒的紅色社會，凡是有點姿色的女人都已接觸太多太多的異性，在那違反倫常的制度下，她們一次又一次毫不在乎的獻出了全部，這都是平常的生活方式給予她們的磨練。而可悲的是凌紅妹，至死還不知道姦污她、囚死老娘的凶手，正是她十多年未曾見面的大哥——凌大龍。說來笑話，以往她們不僅有一度消魂的肉慾，彼此假惺假意的還想做一對永久恩愛夫妻，一夜風流過後，竟不知道對方姓什麼，由這點可看出共產黨對於人與人的關係，該是何等的冷酷與淡薄，彼此只知利用，而沒有一點溫情。他們要求的，就是倡導獸性，消滅人性，推翻傳統，湮沒倫理道德，違反人與人之間的正常關係。

繼而的是作者以三個不同人物與凌工書記的對話來揭穿共產集團虛僞的面目。

一、禿子王五：

「不瞞你説，書記同志，俺一向是又紅又專的激進派，在革命過程中都走到最前頭帶路，但現在俺總是覺得每天的勞動時間多了些，另外還要開會，還要學習……」

「李同志，你已犯了嚴重的錯誤思想，現在咱們忙著抓革命，促生產，就是爲了要達到上級的工作指標，同時這種指標與其他公社都有競賽，咱們有一點懈怠，就要落後，就要淘汰，你知道咱們龍陵公社一向都是站在人家的前面，誰敢作團體的罪人，誰敢作害群之馬？」

「當然，誰也不敢作，誰也沒有那麼多腦袋瓜，但總得想到勞動大衆的體力。」

「毛主席説過，這是一段從黑暗到光明的過渡時期，以後自然有社會主義天堂的好日子過，爲了那美好的天堂，咱們現在多流點汗，多花點革命時間又能算得什麼？」

二、勾眼美人凌紅妹：

「書記同志，俺有一句話，不知能不能告訴你？」

「咱們一切公開，一切坦白，一切自由民主，還有什麼不能説？」

「也許你剛來，還不曉得咱們公社裡伙食太壞，布票又減少了三成，這種生活越搞越糟，因爲你是書記同志，不得不對你説。」

「毛主席説過，這是走向社會主義天堂的過渡時期，免不了有一段罪受，有一段苦吃。」

「但是廣大的人民總要吃飽。」

「俺想，還沒有到那餓死人的地步，你知道近來爲什麼這樣緊，主要就是搞核子試爆，咱們不穿褲子也要搞核子試爆，成功以後，咱們就是世界上第一流强大富裕的人民共和國，到那時，要什麼有什麼。」

三、喬家寡婦：

「書記同志，這次布料又比大前年差得太多，解放同志是人民的英雄，是無產階級的鋼鐵長城，三年穿一件薄薄的棉衣，已經夠委曲了的，再加布料一次比一次差，咱們人民同志的心怎能好受。」

「正因爲這點關係，所以咱們要大力增產，來報答他們，至於布料太差，這是上級有通盤計劃，集中所有的人力、物力、財力，來搞最新的革命武器，成功後，咱們就是世界上的主人，所以咱們必須苦些。」

看完上述幾句對話，我們莫不爲大陸上那些受騙的同胞而憤慨不平，我們也可以想像到，作者胡德根並不單在善於搜集、剪貼許多生活的材料；也不單在善於觀察和選擇許多生活的實況；是生活浮面的修飾者，而是這個時代的革新者！他在無法體驗生活的限制下，在有限的資料上，運用了高度的想像力，把共產極權虛僞醜陋的面孔，一張張的揑造出來。把那些置身於水深火熱中的苦難同胞，遭受共產集團殘暴壓力，吃不飽，穿不暖的真實生活一筆筆的反映出來，對於如此的一位作者，我們還想企求什麼？或許有些讀者會認定它是一篇「嚴肅」而近乎於「說教」式的作品，而卻忽視了它在「嚴肅」背後還隱藏著一份「純真」，從這份「純真」中使我們領略到那份「真」，那份「實」。

「搞赶麵（革命）有什麼用，搞了幾十年，還把一個窮家也搞掉了，天天要學習什麼毛豬稀（毛主席）雨鹿（語錄），學來學去又不能填飽肚子。」

「名字也要有學問？花樣越搞越多，不是什麼鍋鏟黨（共產黨）說是太陽，就要搞名字也要有學問。」

「孩子還要試抱？這種把戲越說越不像樣子。」

文學的創作，可說是「趣味」的表現；文學的欣賞，也可說是「趣味」的領略，從「趣味」的高低，也可判定一篇作品的價值。作者把這些富有「趣味性」和「幽默感」的句子，讓一位死於「反動言論」罪名的老太婆來扮演，不但能產生較强的效果，也是對於共產黨那些荒謬的言論一大的諷刺。

「術語」的運用也是本文的一大特色，許多從事反共小說創作的作者，通常都因匪情術語的貧乏，以致不能從「語言」、「對話」上準確地表現人物身份，深化人物性格，致使作品失去「真實感」。胡德根之能引用近四十句術語，只憑想像是不成的，至少，他對文字中的一些特定符號——即「愛康符號」，曾作過一番探討，這是不可否認的事實。作者特別刻劃出「勾眼美人」與「喬家寡婦」的「亂淫」也值得一提的，她們所以如此，絕不是本性即如此，而是受到紅色社會喪失倫理的影響而造成的。我們可以主觀地說，作者刻劃此二人物的動機，絕不是要以此來吸引讀者，更不是要滿足自己的慾望，而是基於文中人物的需要。在文藝心理學裡有一個名詞叫「心理的距離」，它要我們把醜的一面擺在實用世界以外去看，使它和我們實際生活中間存著一種適當的距離，不爲憂患休戚的念頭所擾，一味用客觀的態度去欣賞它。相信這是對於讀者一種最好的詮釋。

總而言之，「凌工書記」是一篇可讀性甚高的作品，無論它的故事結構，人物刻劃，都稱得上「均衡」——構成美的主要因素之一，只要讀者加以細細的咀嚼，定不難體察作者胡德根欲表達的「意象」是什麼。

評喻人德的「罪人，愚言」

「罪人，愚言」是喻人德先生針對我的「也談讀書之疑」的回答。不可否認地，喻先生不但對古典文學有很深的造詣和獨特的見解，對文字學也研究得很透徹，這是作者所不能與喻先生媲美的。誠如喻先生所說：「一個人所知有限，所見不廣，難免常會犯了以偏概全，自以爲是的錯誤。」這口「金科玉律」屬實是筆者最好的寫照，成長於戰地金門，以及久居太武山谷，無形中縮小了我的生活領域和限制我的閱讀範圍。在數以千計的西洋名著中，不幸；我所知道的只有叔本華寫過的一本「讀書論」，我所看見的也只有喻先生的「也談讀書」有三分之二是從叔本華的「讀書論」摘取而來的，這確實是筆者「所知有限，所見不廣」。基此，筆者願意爲自己的「所知有限，所見不廣」勇於承認，然而，喻先生的大作，卻也有值得我們商榷的地方：

一、喻先生說：「文藝要有創作，個人絕不否認，同時也是站在這條線上的忠實戰士，但對文字的運用，則主張『運用之妙，存乎一心』。」

既然，喻先生承認文藝要有創作，也是忠於文藝的戰士，那麼我們看看，他的「也談讀書」是所謂的「創作」嗎？抑或是說一位忠於文藝的戰士就可「東抄」「西借」來蒙騙讀者？不知則罷，一旦被讀者揭穿，不但失去創作的意義，也同時失去自身的價值，這是喻先生在撰寫「也談讀書」前所没想像到的吧。喻先生說他對文字的運用主張「運用之妙，存乎一心」，此語對喻先生而言，屬實是「用之不當」，若果能改爲「運用之妙，存乎一『抄』」，將是對喻先生最好的詮釋。

二、喻先生又說：「暮春三月，江南草長……」，古今文人採用不知凡幾；「慈母手中線，遊子身上衣」出自孟郊之手，但後人描寫「母親」、「遊子」一類文學時，均沿相襲用，假如每個人都像陳君一樣「苛求」，中國文人怕不早已「江郎才盡」矣！

綜觀上述，拋棄不必要的詞彙，如果我們都像喻先生「東抄」「西借」組成的「也談讀書」，那怕中國文人不「遍地皆是」，只需讀幾年書，不都能成爲「作家」了嗎？還談什麼「創作」呢？還談什麼文藝的「忠實」戰士？新文藝副刊也不會浪費寶貴的篇幅來討論「文抄公」，文化旗也不會爲「小黑，再見！」而出專刊，這是喻先生所疏於分析的。

三、繼而喻先生說：「小文『也談讀書』並不是可讀性甚高的作品，陳君對它大動手術，把它切成一絲絲，一片片，似乎大可不必，尋章摘句更無此必要。」

主觀而不客氣地說，這只是喻先生迴避批評的說法。筆者在「也談讀書之疑」曾說過，只有空洞的泥菩薩才怕被人揭穿真面目。喻先生認爲他的大作「也談讀書」並不是可讀性甚高的作品，既然對自己的作品失去信心，那大可不必「也談讀書」。筆者不否認對

「也談讀書」曾尋章摘句，一絲絲，一片片的大動手術，之所以如此，乃因喻先生「摘取」他人之作，超出自己的「創作」多，而且並未闡明此段是「引用」叔本華的「讀書論」，或者是叔本華在「讀書論」裡曾如此的「說」，企圖摘取他人作品精華的片斷，化爲己有，實屬不該。文章貴乎創作，只要主題正確，而可讀性略低點，要比摘取名家作品併起來的美得多囉！誠然讓人把它一絲絲，一片片來討論，也問心無愧，那總是出自自己的手筆，更不要怨恨倉頡造的字太少，（喻先生說，一部辭典的單字不過一萬多個單字，除掉難檢字一千四五百，再刪除古體，俗體字，可用的已經不多。其實這要看何種辭典，中文大辭典就有五萬餘個單字，康熙字典約四萬六千餘個單字，中華大字典約有四萬八千餘個單字，包括蒐集閩粵雜字約二千餘字在內。）而該檢討自己的缺失，勇於認錯，方爲文藝忠實戰士也！

五十八年雨季於金門太武山谷

評曉暉的「溪流的懷念」

約翰·科克德曾對早熟的「天才作家」拉提葛下過如此的評論：「他是屬於嚴肅的種族，用不著等待歲月的成熟，就以渾身的智能燦爛地開花結果。」所謂「天才」，或者是各人在先天上所得到的一點「資稟」，它所賦予每個人的只是程度高低的差異，而沒有絕對的差別。造成「天才」的最大因素，則在於各人「後天」的學力和修養。「資稟」高一點的，如果不在學力修養上努力，絕不會有什麼重大的成就。「資稟」低一點的，如果努力不懈，學養並進，久之必能卓然成家。也就是說祇要自己努力，任何人都有成功的一天。現在，我們不必去管曉暉所具備的是不是先天的「資稟」，或者說明白一點的什麼「天才」、「地才」的那些鬼玩意兒，但不可否認地：他已具備了「後天」的創作條件。我們不必驚奇；我們不必懷疑，成功原是奮鬥的勝利品。一分努力、一分成就；一分精神、一分事業；雖是老生常談，但我們確實找不出更美的詞彙來形容，來描述一個超載靈魂的孩子。

不可置疑地，文藝的任務是在忠實地表現人生，也是每一位從事創作者的情感產物；情感愈豐富，創作的生命力愈充沛。因而，做爲一個文藝工作者，首先需要有豐富的感情，這是邁向文藝之路的基本出發點，曉暉就是以此揉和著「後天」的優越條件，來歌頌自己的生命，來禮讚可愛的人生！

成長中的曉暉，或者太喜歡司馬中原的作品，無形中自己的作品也深受到他的感染，塗抹著一片濃濃的鄉土色彩——「九人墳」、「二跛叔的兔子」就是很好的例子。我們姑且不必去管別人給予他的評價，他能爲自己鑽研出一條自己想走的道路是對的，不必去管別人喜歡不喜歡；要寫自己想寫的，表現自己想表現的，因爲在寫作的世界裡，一切都是由「我」創造的！

現在，容我依照原文的段落，試剖析我對「溪流的懷念」底瞭解，來和讀者相互研討。若果說它是一篇幽美的散文，毋寧說是一篇成功的小說還恰當。在這篇作品裡，作者企圖拋棄以往的表現技巧，以新的格調；新的方式來描述自己思想的光輝，使讀者能清晰明白地體會到他欲表達的真義，以致引起共鳴。

全文分三段。第一段作者已毫不隱瞞的把主題告訴我們；當然，若果我們僅以世俗的目光去看那短短的幾十個字，或許會說它根本不可能是一篇小說的開端。然而，這一大缺點正是曉暉構成小說的優點。他企圖打破構成小說的原素——時空秩序，重新創造與組合一種新的藝術，這種藝術絕不是時下的風花雪月，而是經過曉暉寧靜思考而得來的心血結晶品。他一開始就把第一次見到溪流的背影告訴我們，用臨別前對往昔的生命留幾許懷念，而後背幾許離愁歸去作註腳，讓我們有所警惕他欲表達的意象是什麼。

讀完第二段，我們的淚水已禁不住的要奪眶而出。我們所讀的每一個字，彷彿不是從曉暉的嘴說出來的，而是他閃爍著智慧火花的語句。他筆下所流洩的，似乎不是一個個的字，而是一粒粒具有爆炸性和影響力的炸藥。他思想的表達已完全透過現實生活的矛盾，深入到人生價值的探討。在提倡戰鬥文藝的今天，沒有一句「標語」和「口號」的「溪流的懷念」毋寧說是一篇最具有影響力的作品，只要稍有一點民族意識的讀者，都會引起同感和共鳴的。

整篇作品的人物，除了那些看不見的影子底吶喊外，唯一出現片刻的是與他同臥在蘆葦裡的「喬」，作者企圖省略書面的人物刻劃，以「獨白」寫出心靈真實的感受。特別是形式的轉變，我們可以看出他求新的苦悶，以及從這苦悶中擠塞出來的字句。然而，對於一個創作的歷程僅幾年而又那麼年輕的作者，我們一樣的不可放棄對他的作品的「苛求」，因爲在寫作這行裡，沒有那些人情債要背負，賣老和賣小，都是市場的「俏市」，我們追求的是「實在」和「永恒」。也只有作品的深度才可決定它的價值。

文中唯一令我們迷惑的是第一段的最後第二小節：

「那是什麼？不像是風燈嘛！像是燭火，風中的燭火。」

不可否認地，這是一句很完整的句子，但也就是爲了這完整，才需要我們更深一層來剖析。「不像是風燈嘛！像是燭火，風中的燭火。」「風燈」二字是象徵著一個名詞，而既然它不像「風燈」，像的是「燭火」，當然作者的用意也是以「名詞」來運用。上下才能「均衡」，可是卻忽視了「燭」與「火」之間的關係，以致不能產生更強烈的效果。若果作者能把「風燈」與「燭火」交換運用，成爲：「那是什麼？不像是『燭火』嘛！像『風燈』，風中的燈。」較爲完整些。因爲「風燈」是比喻人生之可危：「燭火」二字只能視它爲零星的句子，若以名詞來運用，似乎欠妥當，雖然有「風中的燭火」作爲它的註腳，但以論者膚淺的看法，似乎有值得商榷的必要。

評孟浪的「鋼盔和方帽子」

「鋼盔和方帽子」是孟浪先生第一本短篇小說集的「書題」作品。論者之於從他十四篇作品遴選此文來評介並不是沒有理由的。主要的是作者以不平凡的手法來表現一個平凡的故事。他通過小說裡的「觀點人物」，刻意地反映人生的另一面，嚴肅地指出：「天下沒有不可能的事，祇要我們有信心、有勇氣、肯努力、肯奮鬥，就會變不可能為可能！」

「鋼」文的故事很簡單，作者以「我」能夠讀到大學畢業是一個奇蹟的「內心獨白」作為整個故事的開端，使讀者一接觸到作品，便進入到人物的內心世界，使人知道他欲敘述的是一樁什麼重大的事故？因何而生的？其結果又如何？作者首先製造「懸疑」把讀者與主角一起帶向前去，從時間入手，配合「回溯」來展開故事，我們且請看：

「民國三十七年，「我」跟隨著一個撤退的部隊來臺灣，那時我才十六歲。

十六歲是一個不懂事的年齡，假如不是共匪的叛亂，「我」應該還是一個在父母身邊撒嬌的孩子，過著幸福的黃金生活。但是那時的「我」也該算是飽經憂患的人了哩，在戰爭的烽火中，離開了家園，離開了父母，獨自在崎嶇的人生道路上闖生活，這不僅是「我」個人的悲哀，也是這個時代的悲哀！」

從這短短的幾十個字裡，作者不但告訴了我們故事的時間，也同時告訴了我們時代和背景，更以他父親的一番話，來顯示整篇作品所含蘊的「意象」。

「學校教育只是『授業』和『傳道』的性質，對於人生的『惑』是需要自己從生活體驗中去求得解答的。因而，你不必爲一張文憑，或沒有戴過方帽子而耽心，命運掌握在你自己的手裡，只要你有毅力，你有信心，你肯努力，你就會得到你所要的一切。孩子，去吧！在未來的歲月中，你不必爲我和你母親耽心，你所應耽心的是你自己，我們沒有什麼過高的奢求，只希望你能夠做一個强者，去開創你的人生。」

基於上述的因素，「我」毅然的離開養育十六年的家，逕自邁步在人生的道上，然而在那時，共匪叛亂的烽火，正燒遍著整個北國，而「我」——一個稚齡無知的幼兒，面對漠茫的人生以及繁雜的社會，不知該往何處去。於是在領袖「一寸山河一寸血，十萬青年十萬軍」的號召下，「我」走到青年軍招生辦事處，可是按照規定必須要滿十八歲與具備高中畢業的學歷，然而，經過「我」一番陳述，終於獲得了那位軍官的同情。

故事截至此爲第一階段，也是作者用來襯托文中的「觀點人物」，使讀者清晰明白地領略他欲表達的「意象」，以致引起內心的共鳴。唯一的缺憾是作者對於「觀點人物」的出現，沒有作更具象的描述，難與上述構成「均衡」。

第二階段，由於局勢的逆轉，招生處奉令轉進來臺整訓，在出發前的一個星期中，雖然辦事處已結束，但「連長」每看到那些流亡學生來報名時，總是毫不猶疑讓他們輕易通過，因爲他常說：「在這亂世，我能夠拯救一個青年人，就多救一個苦芽兒，也爲國家多培植了一個新生命，增加一份新力量，在能力範圍之內，眼看著他們沉淪，甚至墮落，被犧牲在虎口中。」

部隊終於出發了，連長率領著「我們」四五百個時代的苦芽兒，踏上了黃浦灘頭的海宇輪，經過三天三夜的航程，安全地到達臺灣。在高雄下船，到了新兵訓練基地，五百個孩子立即被分發，「我」卻被連長留下，代理文書的職務，而且還買了一些升學指南及高中課本，要「我」好好準備好參加秋季招生考試。然而，這是不可能的，因爲讀書需要錢，「我」卻什麼也沒有。可是「連長」說，錢並不是難事，既然已這樣爲「我」安排就得爲「我」承擔一切。於是，「我」又一次的啓開人生之鑰，踏上高中的門檻，經過一段漫長的艱苦歷程，當「我」戴著方帽子以第一名代表領取文憑，在致答詞中「我」說：「我所有的光榮都應歸功於我的連長！」可是不知道要怎樣才能報答他的恩惠，而也永遠不能報答了，因爲老連長在「九三」砲戰壯烈成仁了，於是「我」請求應召入營，「我」要爲連長雪恥報仇！

讀完「鋼盔和方帽子」，總的印象是：

第一、表現技巧方面，以時空換轉，循環變化，使一個本來很簡單的故事沒有平鋪直

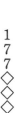

叙之病，而有曲折迴旋之緻。

第二、主題嚴肅而健康，尤以作者在結構上，通過「我」——白堅的內心獨白，使主題顯現更明確：「老連長，安息吧，你使白堅戴過方帽子，如今白堅卻選擇了鋼盔，白堅一直要戴到反攻大陸，重返家園爲止。那時，我將向共匪爲你索取這筆血債！」更以艾森豪威爾將軍的一句話作爲全文最好的詮釋：「一個士兵的全副武裝不會比一個奴隸的枷鎖更重的。」

第三、僅以故事的架構來說，顯然地，「鋼」文是有缺點的，作者對於情節的演變和進展均過「簡練」。若果作者能在這一方面加以叙述，不但可以加深人物內心的開掘，也同時能强化主題的力量。

第四、作者過份地忠於現實，只採取一個單一素材爲內容，使作品的廣度無形中受到限制。若果作者能加以拓展，必然更爲出色。我們願對富有寫作經驗和創作潛力的作者提出更高的要求，懇切地期盼他能創作出更美妙的作品，以饗讀者。

評孟浪的「孤獨城的獨白」

一、前　言

在我們日常生活中，最有價值的一件事那莫非是讀書。所謂讀書，並不是要我們去做智識的奴隸，而是要我們去發揚創造生活的情趣。如果人只爲著活而生，那太無意義了。或者是所謂沒有靈魂的生活，好像一朵鮮艷的花，摘下來插在花瓶裡，雖然當時很美麗，但不一會就要乾枯的，因爲它已斷絕了生命的泉源。懂得生活的人，心中懷抱著熱愛，不祇把一切不如意的都熔化在這份熱愛中，而是將這份熱愛，無代價的分散給群衆。今天，我要介紹的孟浪，他就是如此的一個人，我們不必驚奇，我們不必懷疑，成功原是奮鬥的勝利品，一分努力，一分成就；一分精神，一分事業，雖是老生常談，但我們屬實找不出更具象的詞彙來形容，來描述一位默默耕耘的異鄉人。

二、試論孟浪

拋棄那些不必要的俗套，在艱辛的寫作過程中，他像所有成功的人一樣，跌倒了，拍拍身上的塵土，用淚水潤擦疼痛的傷口，又爬了起來。雖然如此，但他要比別人不幸，因爲他脆弱，他經不起一點小小的感情打擊，他喜歡偷偷地哭泣，更喜歡默默地流淚！誠然他一生未曾做過壞事，也未曾有過墮落的念頭，然而，這個現實的社會卻不容許我們潔身自好，一種壓迫性的力量逼使我們去觸犯。於是曾經有一段不太長的時間，他一個人在一座小城裡的黃土馬路上東搖西晃，然後到青樓賣笑的地方去追尋人性的尊嚴，把金錢拋來拋去，媚眼當作垃圾。因而，他沒有思想，沒有悲哀，沒有眼淚，沒有笑，甚至强迫著「每寫必煙」的習慣。眼看著許多當年一塊寫作的朋友都已功成名就，而他的噩夢始醒，他發誓要寫出叫人驚愕的作品來，不再拿出早期的作品引以爲豪，那些東西在他看來是庸俗而不成熟的。於是他開始吸收一些較新的東西，嘗試一種新的表現技巧，數年來雖然沒有顯著的成就，但他仍執著最初的意願，不願放棄對散文創作的追求；企圖以他內心真摯的感受，附和多彩的藝術之筆，組成一種新的句子，使讀者易予感受到那份真、那份實，以引起共鳴。

現在，讀者們都隱約能看出孟浪的輪廓，是方的？是圓的？或者是所謂三角的？都不是，因爲它還缺少了一點點，故不能構成一個美麗的完整，且請容我再加上一筆：雖然我們不能就此斷定金萍是看到他的作品才嫁與他的，但我們一生中，又有幾個「金色的十九歲」呢？而愛更是一種無法詮釋的東西，大小誤會在所難免，而他們竟能在默默中讓時間堆積的感情去填滿那些鴻溝，而後手挽手的「走過那紅絨地毯」，揮舞著緊握的彩筆，合寫一頁繁花燦爛的「夏夜交響曲」。

畫像不是我的專長，況且我又不是畫家。一幅畫的成敗也全靠它對觀賞者的距離遠近。距離太近，容易引人回到實際人生，失其爲孤立絕緣的意象；距離太遠，又不能引起觀賞者的興趣。基此，我只好展覽孟浪的輪廓。

三、淺剖「孤獨城的獨白」

僅以作品的風格來看，顯然地，組織的情節深受張秀亞的影響，情韻的培養則深受胡品清的感染。就作品的整體來說，他基於內心的需要，則偏重模仿自然，試從實際人生去尋找題材。若以藝術的觀點而論，「爬在荊棘上的蝸牛」是一篇意境較高的作品，作者不但以蝸牛背負的重殼來比喻人生所背負的包袱，並以它堅强的韌性，用來對自我的慰藉。以句字看，雖然它只是作者三十五歲生日的感言，但它所追求的意象卻包含著一種至純、至性、至靈的夢！

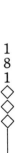

實際上，「春之旋律」包括「序曲」等十篇，它們是相繼發表在較早期的「正副」，而且都有絕對的連帶關係。若以編排論，第一輯連同「春之散曲」則成爲十一篇，這雖無傷作品之大雅，但嚴格說來，第一輯真正的題目只有二個——「春之旋律」與「春之散

曲」，餘者只能視爲前者的副題，雖然每篇都有其獨立的意境，但若果把它分開，將失去其作品的連貫性。

「秋底呢喃」與「微沫輯」也是作者較早期的作品，無論從任何一個角度看，我們總會察覺作者的才華並不是近二年才崛起的。他不需等待著歲月的成熟，即以心靈真摯的感受，劈醒沉睡底夢，尤如作者指出：「在人生之戰場上，弱者永遠會被擊倒，而强者在被擊倒後，又會堅强地站起來。」誠然，如此含有哲理的詞句，我們照樣可在書攤上的「人生哲學」中找到。然而，我們若曾讀過「命運」：「於是，我乃向命運挑戰，儘管我孤立無援，儘管我赤手空拳，而我並不怯懦，也不懼怕；因爲，我知，我要活著就必須堅强。因而，我雖被撕裂，但當我的生命還沒有被命運完全擊倒的時候，我乃掙扎我乃奮鬥，從荊棘中開闢人生美麗的境界，從星月的微曦中，追尋理想的去向。」或許如此清新洒脱的句字，我們只有在「命運」中才能讀到。

「島之組曲」與「翦心輯」各有其不同的風格，後者的「泥土」與「雕樑的夢」爲全書最早期的作品，它們相繼發表在四十六年，也足可給予我們一個明顯的對照。雖然不能與「金色的十九歲」和「第四個聖誕」媲美，但並不致於失其時間價值。

四、結語

總的說來，「孤獨城的獨白」是一本經得起考驗的散文集。作者以其十餘年來的創作經驗，拋棄那些輾轉抄襲的俗套濫調，以思想爲主體；以情感爲核心，更以一種具象的詞句來描述他對生命的熱愛和對愛情的需求。基此，論者認爲在他近七十篇作品裡，至少有三分之一是完整的小說題材，而不幸的是作者無此耐心，不願加以運用，僅只摘選他的主筆——散文來表達。或許，作者也有其正當之理由，我們也不能視散文爲輕而易舉的創作品，實際上構成散文不但要有詩的素質，又必須要有哲學的內容，從他那著墨不濃而餘韻無窮的作品裡，我們不難體察作者深深把握此一原素的苦心。

評金萍的「沒有結局的故事」

讀過「我的信仰」的讀者們，或許還會記得作者「海倫凱勒」克服了盲與聾兩種缺陷，成爲全世界最偉大的女性之一，她那異於常人的信心，使她沒有向心裡的缺陷低頭。憑著她的勇氣，化不可能爲可能，給世界上的殘廢者，提供了多少啓發的力量。她曾說：「永遠不要忘記，死亡並非生命的結束，它只是一種最重要的經驗而已。」世界上不知有多少殘廢者，繼承了她那不屈不撓的精神，在殘廢的身體上，創造了不殘廢的事蹟。她曾一再對任何一位身受缺陷的不幸者反覆强調：「意志的力量可以克服任何生理上的缺陷，生活的意義要自己去尋求，殘廢者只要堅强地活下去，同樣能獲得生活的愉快。」她這種以自身經歷作見證的論調，不僅給予殘疾者對生命產生一種正確的觀念，也是給予生理健全，而意志薄弱，善於無病呻吟的失敗者一種啓示。雖然金萍的出發點與此有些出入，但我們確實不難體察她欲表達的真義是什麼，她企圖試以心靈真摯的感受附和幽美的散文，組合一種較新的句字，使讀者易於接受而引起共鳴。

故事的背景是山外溪畔，情節由一個殘廢者爲核心，它的主題是加意雕塑一位因砲戰而變成跛足的青年，受自卑心理的影響而形成怪異性格。不可否認地，殘廢在我們這個世俗的社會中是很受歧視的，尤其對一個年輕的生命，該是一種多麼强烈的打擊。然而，故事中的殘廢者，並沒有因爲自己是跛足而灰心氣餒，他深知生命是需要堅强的韌性，才能獲得最後的勝利。因此，在求生的掙扎裡，他懂得必須尋求一種謀生的本能，雖然他不滿意自己的工作，但用自己的手解決自己的生活並不是一件可恥的事。由此，我們可見作者金萍的筆尖，已深入到人生價值的探討，只要讀者耐心讀它，定能感受到她運用的方式，應是一件最簡略而有效的手法。然而，畢竟我們是看小說的人多，讀小說的人少，大多只是爲了官能之享受，情緒之安慰，這確實有辱藝術的尊嚴。他們遺忘了一個有修養的藝術家，想要了解藝術的材料雖不過是物質世界中的聲音或顏色，但他們卻能使那些聲音和顏色都成爲人類心靈的象徵。想要懂得那些象徵，一顆至誠的追求之心是不可缺少的，若光從表面去瀏覽，並不能看出一點所以然來。

繼之而來的是作者以洒脫的句字，刻劃出人類在「同性相斥，異性相吸」的自然現象中，受了自卑的影響而產生出矛盾和衝突。金萍抓住了這個自然現象的真理，寫出她所感受的矛盾，就曾如她所說的：「我們並不知道下一秒鐘會在自己的生命裡發生些什麼？」其實感情的事當它真的來臨時，你無法躲避，更無法拒絕。由於他肢體上的殘缺，使他內心附具著强烈的自卑感。因此，儘管他年齡已達到成熟的階段，儘管有很多少女不吝她們的感情，但他總認爲她們所加諸於他的是一種同情、一種憐憫、一種施捨。然而奇蹟竟像秋天的落葉一樣，輕輕地飄落在他身邊。他們鄰近的店裡，突然來了一個長髮的女孩，雖不美，但卻是那種一見就會令你發生好感的少女，由於他們所接觸的瞭解，以及性格嗜好的相同，在不知不覺中，彼此的心靈起了共鳴，彼此的感情就在默默的心意中涵養著、增長著。尤其當她聽他敘述著悲慘的遭遇時，她所給予他的不是同情，不是施捨，而是赤裸裸的愛和强烈的生之鼓舞。然而，人生確實是一場艱苦的競爭，許多不如意的事，都會隨時隨地地發生。但我們絕不能因爲一點小的挫折就灰心喪志，人也不能因一點的殘缺而自漸形穢；祇要心地純潔，理想遠大，就會像任何正常人一樣，面對人生，和人生搏鬥。可是生活在這個現實的環境裡，一般都是以世俗的眼光去衡量別人，那些眼光充滿歧視、誣蔑，甚至是冷嘲熱諷，似乎有了缺憾，就要比別人矮了半截似的。雖然他對人生有太多的熱愛，但塞在他內心的卻也有一股難以抑平的憤恨。爲什麼人要有感情？爲什麼人要有愛？他總覺得命運對他是一種殘酷的考驗，既渴求幸福又懼怕幸福，每次當他和她在一起時，無論是散步，或者是一次輕輕的擁抱，他總覺得像擁有全世界的幸福。而幸福的背後卻又覺得有一片濃濃的陰影籠罩著。她的家裡要她回去相親，這消息雖然對他是一種嚴重的打擊，但他知道：這是無法抗衡的命運，而愛更是一種崇高的犧牲和奉獻，唯有用他的犧牲和奉獻，才會使她獲致幸福。

一件藝術品的產生，猶如分娩胎兒一樣，必須經過胚胎的階段；而胎兒也必須到了瓜熟蒂落的自然分娩時期自自然然的生下來，才會是一個健全的生命。對於這篇作品，我們雖不敢堅決的説是金萍實際的生活體驗，但敏鋭的觀察是不能缺少的。也許金萍除了對人生價值的探討外，而顯現更明晰的是以這個故事來提醒世人、使其能更深一層的去了解一位殘廢者的悲痛心理，因爲受了自卑的影響，而被命運屈服。尤其金萍提到「愛是一件崇高的犧牲，一種真誠的奉獻」，而使我們聯想到許多問題。我敢主觀而肯定地説，目前一般人是很難履行這個規則的。因爲我們的天性往往對我們所愛的寄予更多的冀求，若達不到我們冀求的慾望，縱然有理由，但到了熱情横溢，衝破人性的界限時，便談不上什麼犧牲和奉獻了。當她得知家裡要她回去相親時，何以不能採取更進一步的措施來挽救呢？因爲他（她）們之間的愛情並沒有遭受任何人的阻止和反對，只是受到他自卑心理的影響，而向命運低頭，並提出愛是真誠的奉獻作藉口，把欲來的幸福輕率放棄。若果金萍能把相親的目標移轉在他身上，而因爲他是一個跛足的，遭受到她家裡的反對和阻止，更能產生較强的效果，這只是我個人的觀點，也許金萍的基點是因爲它是一篇沒有結局的故事，而就此把它斬斷。當故事回轉到時間時，再爲它下結論。或者説，金萍並未想到去編造一個傳奇的故事與曲折的情節去討取讀者的歡心，她只是盡情地傾吐胸中的鬱積，通過她的思想，建立一種新的藝術，而非故意製造趣味以悦人。她曾説：「我們不是爲別人活著，不要把自己關在憂鬱的囚籠裡，讓苦惱腐蝕我們的青春。」這不僅給予我們一種啓示，也是給予這一代的青年，一種更具象的詮釋！

婚後的金萍，已完全改變她的寫作方向，拋棄了以往的小說與新詩創作，把全部精神，都集中在散文創作上。我們不必問她爲什麼？這是每一位作者抉擇的路線不同，我們認爲她選擇自己想走的道路是對的。雖然她曾得過詩歌徵文獎，但我們大可主觀的給她下定論，她的詩歌與小說遠不如散文那麼地令人喜愛。雖然構成一篇散文的條件很簡單，但真正寫出一篇好散文卻相當的不容易，絶不是一些枯燥乏味的文字所能媲美的。現在，容我摘取她早期的「作品」來和讀者相互印證，雖然超出本文的範圍，但我們想瞭解一位作者，不得不先從作品認識起，所謂「人品文品，文如其人」是有絶對關係的。人品卑下的文人，其作品亦常因此而貶低價值，事實上也不會有高潔的作品，因爲一個作者的待人接物與其生活的態度均能直接或間接的影響其作品。總之：「作品即是人品的表現，人品乃是作品的根底。」

從作家的作品中，我們更能體察到一篇作品絶不能脫離思想而存在。更可從作品的主題中，看出作者的人生觀。金萍所表現的技巧，以及所追求的意象，也只有從真實的生活和淨化了的心靈中，才能取得答案。

評洪敬雲的「春」與「亡友的書房」

今天，當我第二次執筆來寫評介軍中畫家洪敬雲及其作品時，我似乎提不出像第一次爲他寫評介時的那股勇氣，雖然才隔著短短的一百多個日子。但一件藝術品的成長，絕不與時間的長短有絶對的關係，尤其是一件有價值的藝術品，它必須是「創造的」與「真實的」，對於一個「畫家」和「畫匠」，我們也可主觀的用這個規律來分別。畫家的作品是一種「創造」，但這種「創造」絕不是只憑「視覺」去觀察就可描述出來的，它必須再加以「想像」去感覺它的內容、特性，和必然的理勢。没有想像或缺乏想像力的最多只能是一個「工匠」，永遠與藝術「無緣」，因爲表現不是依樣畫葫蘆，而是一個藝術家獨有的想像力底具現；脱離了想像，便没有藝術可言。蘇東坡曾經説過：「畫竹必須先成竹於胸中」，也就是説畫竹必須先具備對於竹的完整想像，然後把這一想像表達出來。「畫匠」的作品則是一種没有想像的「手藝」，談不上有何價值，世人賜於它一個怪名詞，謂其爲「江湖畫」。就以藝術的觀點來説，一個畫家不只是人生浮面的修飾者，也不是生活花絮的點綴者，而應該是這個時代的「革新者」和「創造者」。雖然我們不能就此斷定洪敬雲的作品已達到如此的境界，但從他早期參加「臺陽美展」的「愛河橋畔」和日本「沙龍道屯畫展」的「森林的另一端」，以及近日完成的作品「春」、「亡友的書房」，我們屬實不難體察洪敬雲所追求的意象是什麼。

在「春」之中，作者以淡紅色與黃色交錯運用，把整個春活生生地描述出來，並以粗大的黑線條，勾劃出整個畫面的統一性，它的背景是一個農村，主題加意雕塑農夫在春之季節裡忙著播種與收穫，雖僅以幾隻雞浮現在畫面，但卻溶著一股濃濃的象徵色彩。不可否認地，春天正是農忙的時候，但用來表現它的主題卻並不一定要以農夫捲高褲管，荷著犁才能表達。因而，我們認爲洪敬雲的「春」，雖不是一件極其成功的代表作，但卻是他一大的嘗試，在現代繪畫基本論曾經有如此的一句話：「繪畫是視覺上的一種藝術，絕非言語可以形容或描寫其萬一，它和音樂相似，是給我們傾聽，而非向我們解釋。」相信這是對觀賞者的最好詮釋。

「亡友的書房」是一幅構圖新穎的作品，作者企圖以綠色和土黃色混合運用，構成整個畫面的統一，描述出一間失去主人的書房，雖然歷經時間的腐蝕，但他昔日的讀書精神卻永恒存在。也因此，使我們聯想到欣賞一幅畫絕不能只以肉眼去瀏覽那些鮮艷的色彩，而應該聚精會神地去觀賞它，領略它，因爲一幅成功的藝術品，它不但表現了一個形式，也表現了一個內容。

現年二十二歲的洪敬雲，他繪畫的時間已屆七年。七年雖不是一段很長的時間，但一個没有學歷的青年，他所付出的代價往往要比他人多出幾倍，這是誰也不敢否認的事實。尤其是他以血汗得來的頭銜，筆者不得不在此一並提出，雖然不能成爲讀者的座右銘，但若不準備付出痛苦的代價，幸福絶對得不到。洪敬雲現任「臺灣省水彩畫會會員」、「中日美術研究協會會員」、「臺灣南部美術研究協會會員」、「翠光畫會會員」，曾經參加過「臺陽美展」、「日本沙龍道屯畫展」、「翠光畫展」、「南部美展」等數十次，爲一苦學的軍中青年畫家。

評楊天平的「大夜班」與「二兄弟之死」

一、為楊天平畫像

「大夜班」是本（十一）月六日「正副」刊出的本縣籍青年作者——楊天平的作品。若說一位評論者要具備文學系院畢業的學歷，那我是不夠資格來撰寫此文的。我的目標是基於「在藝術的世界只問收穫；不問作者的年齡、背景、身世、學歷」來撰寫我讀後的感受和心得。不可否認地，楊天平的作品我們已讀過很多，他創作的方向也不只是針對小說和散文，醫藥、教育論述也是在他創作的範圍內。一位作者的作品能否經得起考驗，全賴其作品的深度與廣度來作標準，使讀者能置身其境，體察出它思想的光輝和生活的深入。

楊天平從事創作已達十餘年之久，而十餘年的辛勤耕耘，至到最近的兩三年來才顯出他的成就。他的作品大約可分為二期：一為「海燕」筆名時期；二為「楊天平」本名時期。早期的作品雖然也被人喜愛過，但並不能完全展露出他的才華。已過去的作品在他看來是「殘缺」和「膚淺」的，因為他正循著理想的光芒，投射多彩的足跡和影子，極力的躍進，不斷的醞釀著他的作品濃度和熟度。如果從三十歲以下的本縣籍作者的作品當中挑出幾個稍微有點兒「鄉土色彩」的，恐怕不容易，而無疑的；楊天平是最惹目的一個。豐富的農村生活經驗，使他走上「鄉土文學」的道路，於是——新副的「種豌豆」、「金門的大白菜」，國語日報的「玻璃砂」就此誕生了，誕生在熱烈的掌聲中。雖然，有人曾指責他不該把創作的方向做八十度的大轉變，爲迎合報刊賺稿費而寫；也有人認爲楊天平目前的作品遠不如海燕時期的作品那麼令人喜愛。這只不過是個人的觀點不同而已。以金門五四、七三三人口，每年從高等學校畢業者爲數不少，可是竟產生不出幾位能代表金門的作者，這是我們生爲金門青年所感到遺憾的。洪春美小姐在「我與金門日報」徵文裡曾如此的說：「浯鄉子弟無寫作之能力嗎？不，我不相信，有些人是懷才不遇，某些人恐怕失敗而不敢嘗試，有些人則不願在這塊土地上下功夫，而把自己的花種在別人的園地上。」這是多麼令人激動的一段話啊！前此，救國團舉辦冬令文藝研習營時，可說已招集金門愛好文藝的青年在半數以上，除楊天平的作品時常見報以外，就讀金中特師科的「曉暉」和已畢業的「心銘」，都已具備足夠的寫作條件。由文藝營歸來後，曉暉曾在新文藝月刊發表「春之晨」與「溪流的懷念」二篇很有份量的散文；心銘的「雨季」與「傘下」曾得到詩人鄭愁予和管管的賞識。這都是可喜的現象，而其他學員的作品都寥若晨星，由此，我們可證實楊天平目前所給文壇的屬實不少。何況他並非職業作者，只是利用稀有的空暇假日，不憑想像，不憑捏造，用自己火熱的心把自然烘托出來，使讀者領略到那份真，那份美！

二、剖析「大夜班」

有人認爲：有故事的就是小說；動人的故事則是好小說；情節曲折、賺人眼淚那更是傑出的小說。這只不過是世俗對目前小說所做的評論。「大夜班」並不是楊天平的代表作，我可以主觀而不客氣的說：它幾乎沒有技巧可言，所交代的又是那麼令人看不過癮的故事，段落鬆懈不緊湊，若果沒有耐心的讀者是不會想看下去的。然而，可貴的並不是這些，而是它含蘊著富有啓發性的人生哲理，也道出一個純樸的戰地青年的心聲。

現在，我依照原文的段落，摘出我對「大夜班」的了解和讀者相互印證。

「楊先生，我並沒有拆穿你的祕密，你真的不懂事，穿這一身就上臺北來約會女朋友。」

「其實我早就知道你連打領帶都不會。」

「大男人連抽煙都不會，真糟糕！」

以上這短短的三句話，使我們聯想到許多問題，這也是現實社會的通病。她們不計較你袋裡裝的是「鈔票」抑或是「衛生紙」，往往先從你的「外表」來衡量你的一切。穿「西裝」或者是所謂「闊少」；「抽煙」或者是很「男性」；不會「打領帶」或者是所謂

「傻瓜」，一個「大男人」不會「抽煙」真糟糕！這是多麼令人難受的辭句呀！也許她們沒想到「糟糕」背後還存在著「純潔」。

「做護士的站在生死的第一線，不能稍有差錯。」

「情願做不得已工作的人，都是偉大的。」

「一個趕夜班的人所付出的代價勝過一切，他們所獲得的報酬也應該加幾倍，至少要發給營養費。」

「許多急診都是深夜來的，死神與黑暗結在一起，我常求神庇佑天下蒼生健康快樂。」

以大夜班短短的二千多字所給予我們這些也就夠了。一篇作品的真正價值，不在乎是傳統的，現代的；學院派的，意識流的。只要它給予讀者的不是一些空洞的辭彙，雖不美，但卻真，這正是我們目前所需要的。當然，「大夜班」並非是十全十美的作品，但卻能引起讀者的共鳴，這是它成功的一點。

三、論「大夜班」與「二兄弟之死」的時空間問題

「二兄弟之死」是楊天平發表在新文藝月刊第一四八期的作品，它沒有超出楊天平一貫的寫法——只那麼短短的二千多字。故事的進展是由楊天平的母校——金門中學舉行建

校五週年的校慶紀念大典爲出發點。成千的莘莘學子在莊嚴的歌聲裡向著冉冉上昇的國旗行注目禮，而後隨著音樂鏗鏘的節奏，揮動著矯健整齊的手臂大會操，於是他回到貴賓室。呆坐在窗前，看那整齊雪白的衣裳和那圓圓打轉的衣裙，使他想起十年前一千三百多位師生相聚在一起，而今回到母校參加校慶的校友卻寥若晨星；又使他想起畢業前夕，也正是四十七年八二三，苦難的歲月給他們難堪折磨，也賜給他們寶貴的教訓。他們在殘酷的戰火中嚐到家破人亡的慘痛滋味；領悟出孤臣孽子悲憤的心情，苦痛的經驗使他們懂得如何熱愛多難的祖國。幾聲咚！咚！的鼓聲，使他想起戰爭，也想起當年英勇參加「八二三」戰役罹難的同學來。

有一對兄弟是榜林村的呂主賜和呂主典，他們都是民防隊長。在九月三日率領了大批民防隊繞道安全的抵達碼頭，在一處掩體中集結，聽候任務交代後，就分別的摸索前進。太多的爆炸聲使他們眩昏，根本不知道那裡在爆炸。首先走出掩體的是呂主典，他們的任務是搶灘，於是在雄壯的軍樂中接受第一次搶灘成功的致敬。

搶灘的第二日夜晚，傾盆夜雨中，泥濘積水不良於行，但英勇的民防隊員一心要達成任務，都在繼續前進。隊伍正順利的搶運時，冷不防從對面來了一陣砲，呂家兄弟眼明手快，立刻揮動著旗——臥倒。所有的隊員都臥下去，而他們二人來不及臥倒，成群的砲彈便爆炸了，於是兄弟倆人都壯烈犧牲了。

一聲「向右看」使楊天平從回憶中驚醒，原來是隊伍通過閱兵臺，看到那雄糾糾的隊伍，便覺得無限的欣慰，呂家兄弟的鮮血不會白流，他不由得掉下兩顆熱淚來，是默悼英勇的同學呂家兄弟之死，也是慶幸後繼有人。

小說雖然是一個故事——一個創造的故事，一個被賦予特殊形式的故事，一個孕育出典型人物的故事。但這故事必須有真實性與可能性，有時我們會發覺一篇虛構的故事卻像真有其事。有些人明明寫的是真實的故事，看起來反而像虛構的一樣。這當然和寫作者本身有關。撇開這些不必要的辭句，我們認爲「二兄弟之死」是一篇可讀性與可能性很大的小說。它使我們惦念八二三那些爲國犧牲的同胞，爲反共大陸而捐軀的將士！

現在，讓我們共同來研討「大夜班」與「二兄弟之死」的時空間問題。

一位從事小說創作的作者，往往處理其作品中題材上的時間演進與空間變換的手法，可說各人有各人的方式。在小說形式上，祇有二個基點：一是以「時間」爲基點；另一是以「空間」爲基點。

以時間爲基點的小說——簡單的說：是我們今日所稱謂的以傳統方式述說故事的傳統小說，它是以時間爲順序。叙述故事的發展與情節的演變，以「時間」踩著「空間」前進，如果時間的順序在情節發展上無法踩到情節需要的另一個空間時，就得停止這一節，再起寫另一節。

以空間爲基點的小說——是我們今日所稱謂的以現代方式述說故事的現代小說。它不以時間爲順序，祇選擇情節中某一「空間」爲顯現事件的「點」。在叙述或憶想中，把情節需要的其他事件的時間及空間，一一臚述地壓縮過來。

楊天平的「大夜班」與「二兄弟之死」正好是時空間的最好比較：「大夜班」所展示的時間爲金門——臺北——旅社——醫院——館子——醫院而後一起南下，雖然只有短短的二天，但它是以「時間」的順序來推展著故事的。「二兄弟之死」是以金門中學「貴賓室」爲全篇小說的空間，它所呈現的「時間」或許沒有半小時。開始時是「成千的莘莘學子在莊嚴的歌聲裡向著冉冉上昇的國旗行注目禮，而後，隨著音樂鏗鏘的節奏，揮動著矯健整齊的手臂在大會操，「我」回到「貴賓室」——（也就是本文顯現空間的柱點），看那整齊雪白的衣裳和那圓圓打轉的衣裙，一切好像是昨日，一股淡淡的輕愁飄過來，飄進我的夢魂深處。」於是他想起了「二兄弟之死」的故事，結束時是隊伍通過閱兵臺，一聲「向右看」使他回到現實，看那雄糾糾的隊伍便覺得無限欣慰。這就是楊天平以時空間處理小說的比較。

當然，一位從事小說創作的作者並不一定要依照那些規則做標準，這也是個人探討的基點不同，或者是筆者膚淺的論調。不管讀者作任何評論，這是一個身爲金門青年的我對家鄉這塊文藝園地盡一分職責。現在，且容再引用洪春美的一段話，作爲本文的結束。

「我們都明白，唯有自己的力量，才能把自己的園地發揮出最大的潛能，我以讀者的立場，發出真摯的呼喚：讓我們拋棄庸俗的成見，編者、作者、讀者，三者同心協力，盡我們有限之血汗，潤濕它，愛護它，期待這塊園地能開出甜美的果實吧。！」

評林媽肴的「挑戰」

「挑戰，挑戰」是一篇不太尋常的作品，它以人物的「直接內心獨語」來開拓整篇作品的領域。作者林君以其敏銳的觀察力與高度的想像力，拋棄了時空秩序，打破了許多構成小說的「老」原素，針對社會的陋病，下了一帖苦口的良藥。

不可否認地，在我們日常生活中，都會遇到兩面實戰的可能。一方面我們要接受有形的敵人底「挑戰」；另方面我們要接受無形的命運底「挑戰」。若果沒有堅强的毅力和戰鬥意志，設想，我們不是要作爲永恒底敗兵嗎？作者在「挑戰」中所欲表現的與其說是「人」與「命運」在戰鬥，還不如說「人」與「人」在戰鬥還恰當點。可不是，人爲了想達到某一種目的，而不惜以任何一種醜陋的罪名加在別人的頭上，甚而置人於死地而不顧。

現在，我們請看「挑」文第三段的「樓下人」：

牛頭仔爲了要桂香仔把那些金器借給他，好把輸的錢撈回來，再也不賭了。然而，桂香仔卻深知他的心意，沒有把那唯一的嫁妝借給他作爲賭本，而他竟不惜把綠帽子往自己的頭上戴，說昨晚房內來了人（當然是指男人），作爲對她的一種威脅，可是這種

「挑戰」，牛頭仔還是輸了，因爲桂香仔昨晚與阿姆在一起，有阿姆可作證。

其次請看第四段的「幡仔旗」：

牛頭仔爲了想把輸的錢撈回來，在拿不到桂香仔的金器作賭本時，竟求起了「萬神爺公」（毋寧說是向祂「挑戰」），若果「萬神爺公」能助他一臂之力，一定爲祂重整「金身」，大大的「鬧熱」一下。讀者都明白，若果相反地「萬神爺公」無法使他把輸的錢撈回來呢？雖然作者沒有明確之交待，然我們可從他向桂香仔借不到金器而「刣！刣！刣！」的對待桂香仔來看，不把什麼「萬神爺公」送進爐裡，也會被丟進毛坑裡。因爲人畢竟可以戰勝神，那一尊尊美麗的神像是人所雕刻的，是人所賦予的。更何況人的困境必須由人自身去解決，無須空構一個幻影去祈求，去膜拜。任何一種超越自然的信仰，都意味著自信與自立的喪失，這種信仰也勢必損傷人類的尊嚴與責任心。若果神真能解決實際問題的話，早在第一段「上訴」裡，「萬神爺公」就應該接受牛頭仔的母親吳陳掽皮的禱告，懲罰那些開賭窟的豬哥興仔，賜福與牛頭仔，使他回心轉意，每日照做生意，生一個查埔孫來傳吳家的香煙。然而，沒有，枉費了吳陳掽皮二十年來在祂的生日裡所奉獻的金紙牲禮，交乾兒子錢，並以她老公夭壽鼎仔被人煽動好賭，才三十外歲就輸得傾家蕩產而吊死作爲暗喻，希望「萬神爺公」庇佑她，做她的主。可是「萬神爺公」並沒有接受她的祈禱，她的兒子牛頭仔好賭如常，媳婦生下的卻是查某孫，而她也在現款連金器攏被這個了尾仔囝輸光了，吊死在尖山頂的大榕樹（正好是她老公吊死之處），牛頭仔卻得了神經病和老婆離了婚，她的查某孫若不是「土城叔父」從中周旋抱回來，吳家的香煙也將此終了，這是一個賭徒的下場，也足可作爲社會上那些不良份子的明鏡。

綜觀上述，作者在「挑戰」裡所要表現的不只是一個故事，而是讓人有一種難以言喻的意味，它將涉及著哲學以及一些更深奧的問題，留待讀者自己去體會（雖然我無意打擊人對宗教的信仰）。

僅以小說的觀點來說，顯然地，「挑」文是有缺點的。

一、所謂鄉土文學並不是要純以方言來表達，雖然給予我們一種親切的感覺，但部份描述顯得生硬，非閩台籍的讀者更難以體會那——「無啊也駛」，「臭頭旺仔你來當如何我幹！」，「了尾仔囝」，「幡仔旗」等。（作者在近作「這一代」也有此缺失如「水煙吹」等）。

二、人物對話雖然以「先語言層」的「意識技巧」來揭示人物的心靈狀態，卻使讀者易生混淆，不知這句話該屬於豬哥興仔說的，或者是臭頭旺仔說的。

三、「上訴」應屬於「直接內心獨語」，然作者卻以自己的意識有意或無意地穿插進去：「吳陳挀皮舉起了詯擲在地上，果然是三艾的金杯。」如果作者能完全退出，讓小說中的人物獨語傳達其意識狀態，更能產生較强烈之效果。

四、部份情節深受碧竹（黃燕德）「禱告」的影響，雖然我們知道林媽肴與黃燕德談不上有任何關係，然而，讀者們若曾讀過碧竹的「禱告」，或許會發覺「挑」文隱藏著一絲清晰可見，頗爲相似的岩層，謹試舉例如下：

㈠碧竹的「禱告」。甲陳罔市。

「三山國王啊，信女是雲林縣東勢鄉東北村陳氏罔市，有一件事懇請國王幫忙，信女知道國王你法力無邊，有求必應……。」

㈡林媽肴的「挑戰」。一、上訴

「萬神爺公，老信女是吳陳搵皮，我是住在珠浦東路××號，我知道萬神爺公十分靈驗，一向是庇佑衆生，神通廣大……。」

總括說來，「挑」文雖有缺點，但仍爲一篇可讀性甚高的作品，尤以作者能拋棄那些輾轉的俗套濫調，自己開創一條想走的道路與表現一種新的技巧，更以方言來表達文字中的一些特定的符號，雖有推敲之處，但不失爲一篇構想清新，結構嚴謹的佳作。我們願以此作爲對林媽肴的鼓勵和祝福，不是批評。

評歸鴻亭的「勝利者」

約翰·皮爾遜曾經說過：「小說的藝術是一項非凡夫俗子所能勝任的工作，它除了要以一個完整的故事來吸引讀者外，還必須顧及到作品本身的思想是什麼。」雖然我們從事小說創作的作者不一定要依照理論上那些死教條來作爲小說領域的開拓，但一篇完整的小說必須要含蘊著或多或少的哲學意味，以及一個邏輯的結構，才不致流於空洞，這是不可否認之事實。

「勝利者」是歸鴻亭先生發表在正副八月五、六、七日的作品。若以小說觀點來說，極顯然地，「勝」文是一篇失敗而不成熟的作品：它段落鬆懈不緊湊，人物的刻劃、情節的描述、句子的運用、時空的排序，都令人有一種失望的感覺。若果没有耐心的讀者簡直看不進它那「淡紫色的花滿是的」等句子。誠然，作者抓住了這麼一個溶解著「親情與愛情」的好題材，但卻不善於剪裁，致使不能發揮小說中應有的效果，而流入俗套。

故事以第三人稱，它加意地描述一對異父異母的兄弟，雷振宇、徐振剛。一個是多才的癆病鬼；一個是自傲而心胸狹小的狂徒，他們都同時地愛上一個女孩——依依。然而，兩虎相爭，必有一敗，誰是勝利者呢？這勢必要造成一場劇烈的競爭，雖然作者以象徵的詞彙（你「指振宇」勝在那首曲子，我「振剛」只能彈出舒伯特或其他人的情感，你卻能寫出屬於自己的情感。）來顯示故事的主題，但卻過於形式化，逐使結構不夠札實，這是「勝」文的敗筆之一。

不可否認地，一篇完整的小說，勢必要有一個「典型人物」，「勝」文的典型者該是依依，因爲她的出現使振宇與振剛兄弟展開了「衝突」。然作者對於她的描述（無論內外）都不夠深刻。我們只能看到她一張清秀的面孔，是他父親世交的獨生女。那年十五歲，現年十八歲……等，零落的散佈著。這是「勝」文的敗筆之二。

「父親」的角色在「勝」文裡也是重要的角色，但作者卻把它刻劃成一個沒有「個性」的人物。我們可從振宇宣布與依依結婚時，振剛向他求援所說的話：「這是他們的事，我是不能左右什麼的。」難道一個做父親的責任就是如此嗎？何況以時間論，振宇也不過是二十一歲，依依十八歲，振剛二十歲，他們的思想都還停留在不上不下之間，一個爲人之父者，應該負起開導與安慰之責，而豈能說不能左右什麼呢？這是「勝」文的敗筆之三。

「言語」可說是一篇作品的媒介物。它除了要擔負起傳達感情的重責外，情節的演變、人物的對白等，都必須透過它來傳達。因而，當小說中的人物在說話時，作者絕不能穿插入自己主觀的意識，不要忘了是小說裡的人物在說話而不是作者本身在說話。現在我們試舉例：一年後，當振剛從外面回家時，他的父親用寬宏的聲音微笑説道：「高興你來！」這似乎不是父親想説的，而是作者逼迫他説的，難道真找不到一句比「高興你來！」更恰當的句子來描述兒子久別回來時的心緒嗎？何況人都是感情的動物，「勝」文所該陳述的句子應不是那些冷冰冰的語言所能表達的。這是敗筆之四。

讀者都明白，「那年他十七歲（指振剛），振宇十八歲，依依十五歲。」當然振宇是振剛的哥哥，而到了結尾，作者卻安排了振剛説出了這段話：「祝福你，勝利者，還有依依，我的弟婦，還有爸爸……。」雖然作者没有指明這句話是振剛説的，但我們從「勝利者」這三個字來推測，它不就是代表著振宇嗎？而且振宇和依依結婚一年，這是有老人（他父親）可資作證的。而我們真不明白，作者爲什麼竟會疏忽這個關係到整篇作品的問題，而把弟弟變成了「哥哥」，把嫂嫂變成了「弟婦」。這是「勝」文的敗筆之五。

小説的構成條件固然很多，但一篇小説卻脱離不了「時空」，「勝」文並不是一篇以「先語言層」的「意識技巧」來描述人物的內心狀態；也不是一篇「精神分析」作品，然作者卻有意或無意地把「時空」不停地轉換來推展故事，使人有一種混淆不清的感覺。這是「勝」文的敗筆之六。

綜觀上述，歸鴻亭先生的「勝利者」是一篇缺點多於優點的作品。不幸的是現時代的好些讀者，都是純官能的享受來看小説的，故而一篇作品在他們看來只不過是一個故事而已，沒有耐心提出嚴厲的批評。現在，我們姑且不去追問歸鴻亭君是文壇的老兵或新兵，以文論文是我們份內的工作。何況在文壇上並沒有那些人情債要我們來背負，賣老或賣小只不過是市場上的俏市，我們追求的是實在和永恒。

回響之一　關於「勝利者」的幾點商榷（歸鴻亭）

「勝利者」是筆者發表於八月五、六、七日「正副」的短篇小說。十三日見陳長慶君評論文字一篇，批評嚴正，如針見血。在目前文壇缺少批評比較文學的情況下，筆者深感能得此教益，足茲個人爾後創作借鏡；否則獨居象牙塔中孤芳自賞，無從邁入真正小說領域。這篇評文應能惕勵個人和給予「勝」文以修補改正意見的。

但是在某些觀點上，陳君是把讀者的份量看得太重了。一篇作品能引起大衆化共鳴，未嘗不是件好事，可是那樣的作品不見得真正成功，而具有在藝術上永恒的價值，同時小說家將易流於小說「匠」了。

對於陳文六點批評除第五點的「哥哥弟弟」爲筆者無可寬恕的錯誤不予討論外，在這裡有些意見和讀者和陳君共同切磋研究。

一篇小說，尤其短篇小說，在建立結構與計劃時所欲捕捉的焦點，在技巧上有完全相異的兩種方法：一是形式態，一是邏輯心智，它們是寫作中不可分的存在因素。

「勝」文以第三人稱寫出，在形式上徐振剛是第一主角，在邏輯心智上，讀者可以發現欲描寫的都是雷振宇的仁心，愛心及他內在的感動力量。陳君指在形式上只描述了兩個人在音樂上的比較，殊不知全文著重以牽牛和菟絲引導出來的：前者是譬喻，後者是象徵手法。這樣編織出來的主題才是「勝」文主題情節的結構友架——在振剛眼裡振宇是菟絲，在依依眼裡他是牽牛；若是僅以音樂比較斷言形式拘泥，而忽略牽牛、菟絲的存在，那麼文中根本没有必要再三提出這兩種性格相反的花來影射故事裡的人物，此其一。

由上面知道，故事形式的主人翁是振剛。他苦苦奮鬥一年，從一開始到結尾部份明朗的寫出他的思想行爲，但實際卻暗流一般的點著振宇流露出來的個性——這個性融於他創作的樂曲影響了振剛——一明一暗，這才是小說裡真正的衝突。陳君所指出的衝突卻只是形式上由一個女孩子所引發的愛情糾紛，這是小說中情節發展所趨。用情節引導振宇，振剛兄弟明暗的個性思想，對比的帶入故事的高潮，很顯然的，這兩位兄弟才是文中的主角，而非依依的父親。誠然，後兩人在文中自有其重要性，但在他們兄弟的衝突性下居於次要地位。是以完全以散落的筆法點點托出，以免喧賓奪主。試觀「勝」文裡依依所說的幾句話：

「這是爲什麼啊！難道愛心也有錯誤的嗎？」這句話寫的是一個面臨三角關係裡重重矛盾和痛苦的少女的心。

「那我喜歡牽牛花……强韌，最能蔓延，生命力最强……」從小時的話，映出她已往有追求完美，力量的思想。

「……當我知道他愛我，需要我時；我也知道我愛她，需要她。」她開始對愛心和力量有了決定。

「振宇，你彈得很好，比以前任何時候好。」爲愛心的給予，激動。

「很好，我們過得很好……」爲愛心的承受犧牲……

這些片片斷斷已經完整的組合成了一個纖美而又爲愛堅强站起來的依依了。難道還要另起一段，寫她是多麼的可愛，而使兄弟痴戀，競爭，才能突顯出她的重要性；此其二。

同樣的，父親也是隱托出來的悲劇人物。一個爲異父異母兄弟父親的長者，既不能偏祖親生的振宇，又不能讓振剛自卑的心理蔓延，而依依的存在又遲早會使他們衝突，作父親的雖明白而又無奈，寫的是上下兩代的「代溝」。於是我們可以感受出當振剛一年後回來時，父親說的「高興你來」話語裡是含盡了多少對孩子久別回來的默喜和釋懷！難道一定要他趕到門口，一把抱住孩子，細細端詳口裡叫著名字，說些想念的話才能表現父親心裡的關懷；而父親重要的表現，筆者留在最後說出振宇夫婦的生活情形時自然明白，也不用在文裡特別描述父親的威嚴及施教的情形，最後的話是最强而有力的感情表露。此其三、四。

另外陳君提到的「時空」問題。創作一個短篇小說，技巧表達重於小說本身的內容，一個平凡的故事可能因創作的技巧手法而顯得不平凡。「勝」文一直在同一個地方，（「雷宅」）發展，但時間卻包含現在、一年前、以及小時的好幾個片斷；若是要使「時空」分明，從童年時說起，再一年前，再到現在的回來……這樣小說家就變成說故事者了。難道一定要平鋪直述才能使「時空」觀點清晰；一定要用意識流的寫法，才能把「時空」切割而讓「高級」讀者閱讀，否則就是把小說當作販賣給消遣者度時間的良訓而非一個藝術品，此其五。

一篇文章「時空」的遠近，影響是否離題的程度。可以用閃避法寫振剛的心情。

「哦，依依，菟絲，牽牛，鋼琴，她要嫁給振宇；鋼琴，牽牛，菟絲，他的心在絞痛。」這寫出了振剛痛苦失意的心。

或用散文詩法：

「想起兒時的依依，想起曾經誤論的菟絲和牽牛，他不能自己的痛苦了……」

同樣在寫振剛，只要不離題任何表現的方法都能用，問題在作者用得恰當與否。

最後，筆者希望這些不被認爲是死不認錯或强辯。「勝」文確實是一篇不成熟而且在個人創作求變過程的奇澀作品，毛病一定多不勝數。這裡提出的意見只是個人在寫作「勝」文時心裡的思想，表現在文中的形式及心智，縱或它不成熟，人物處理不能得宜，對白不能精簡，結構不能嚴肅……或許可以爲「勝」文裡的幾位人物增加其性格的真實感。

在這裡，感謝陳君的指正批評。

回響之二　閑話批評（金鑫）

自本月份起，連續發表了幾篇有關評論的文章，其目的乃是旨在建立純正的文藝批評。因為批評一向是戰地文藝最弱的一環，編者期以藉此而蔚為戰地文藝的批評風氣。不知讀者對此的反應如何？但可喜的是評論者的文字客觀公正，而被批評者亦表現了虛心的接納，雖然歸鴻亭文友對陳長慶文友的批評提出了幾點商榷，但其態度卻是非常誠懇，沒有半點不接受的心理。編者認為這種互相切磋，相互研究的精神，果能蔚成風氣，則深信戰地文藝必可開拓一嶄新的境界。

說到批評，一個批評者，要做到客觀公正的立場，是非常的難，因為，當批評者欣賞一篇作品時，必定會有主觀和直覺的意識在內，因此在文字的表現上多少含有主觀的色彩。不過，批評者如果能夠將主觀的意識化到最少，儘量站在客觀的變位，去分析一篇作品的優缺點的話，則這樣的批評，縱然有其主觀性，但其出發點則是非常善意的。何況，文章固然是自己的好，但文章絕沒有毫無瑕疵的，正如學校的老師無法給國文打百分一樣。因此，編者希望正副的作者、讀者都能虛心為懷，善意的提出批評，誠懇的接受批評。

附錄

太武山谷訪舒舒（朱星鶴）

選了一個美好晴朗的日子，我作了一次太武山谷之遊。

記得剛到金門的第二天（六十年十一月廿九日），我便在「正氣副刊」讀到舒舒的「太武散章」之一——荷塘小語，以後，每隔若干時日，「太武散章」便陸續在「正氣副刊」刊出。於是，太武山谷的朝曦夕暉，明月清風，對我簡直成了一種最大的誘惑，而舒舒的名字也就在我的腦海裡越嵌越深。

想像中的舒舒該是一個蒼白著臉，瘦瘦弱弱的「小」大男孩。果然我的猜測不錯。雖然他的臉色並不蒼白，而且紅潤，但他確是「纖細」了些。白皙的臉龐上架一付淺度近視眼鏡，斯斯文文的，很有靈氣，也很清秀。

舒舒本名陳長慶，今年廿歲，寫作的時間僅只一年。誰也不敢相信，一年的筆齡竟然能寫出如此幽美的散文和風格清新的小說。我不太相信「天才」，但我很看重「天分」。一個生而只會挖泥坑的人，硬要他去拿彩筆，塗畫布，那無異叫笨驢推空磨，使盡力氣，白費工夫。舒舒是一個天分很高的人，「悟性」很強，你衹要稍一指點，他便能心領神會。他讀書不多，只初中肆業，見識不廣，没離開過金門，但這並不影響他的求知與上進，更絲毫無損於他創作的才華。没有人指導，他就從閱讀中去學習，去摸索；没有太多的錢買書，他就發狠的跑圖書館。舒舒何其有幸，他工作的環境不但非常幽美，而且與戰地唯一規模最大藏書最豐的明德圖書館毗鄰。這座圖書館就像一座知識的寶庫，而舒舒恰像一個淘金的人，把所有工作以外的時間全部投資在這座金礦裡，日夜挖掘，辛勤耕耘，而太武山谷的如畫風光，更孕育出他豐富的靈感，啓發了他敏捷的文思，於是，在短短一年裡，他竟寫下了近廿篇創作，有散文，有小說，間或也寫一些新詩。

一年以來，舒舒的作品可說一篇比一篇有進步，從「秋風譜成的戀曲」到「勝利的微笑」，他試著用幽美的散文筆調來寫小說，雖然寫得不算太成功，但在戰地青年文友中，也可算是個中翹楚了。從「太武散章」到「昨夜，我想起；南方來的那姑娘」，他又在散文中灌進了詩的韻律與音樂的美感。讀這些作品，就像聽山澗的清泉，使你感受到一種說不出來的清新和舒暢！

舒舒有一個很美滿幸福的家庭，在七兄妹中他是老二，也最得父母寵愛；在學校裡，他是個用功的好學生；在社會上，他是個誠樸的好青年。凡是認識舒舒的人，都喜歡和他接近。他謙虛，忠厚老誠，只是有點木訥，還似乎有點害羞。總之，你無論從那一方面去看，舒舒都還是一個涉世未深、很純樸很純潔的「小」大男孩。

由於家境不十分好，舒舒初中肆業就無力升學，小小年紀便挑起一付生活的擔子，擔子雖沉重，但舒舒並不軟弱，他勇敢的面對現實，面對艱苦。這些年來，他一直在金門防衛部福利部門擔任一項領班的工作，別看他小小年紀，手下卻管理著許多比他年長的職工，對於這份工作他不但勝任，而且十分愉快。

工作不算太忙，於是，他有更多的時間充實自己。因此，在他碧山的家裡，在他服務機關的宿舍中，床頭案上，擺滿了買來的、借來的、以及朋友們贈送的各種各樣的書刊，偶而他出來看一場電影，手邊也總不忘記帶一册「北窗下」或「薔薇頰」，或許他是太喜歡張秀亞女士的散文，他的作品也深受張秀亞的影響，文筆細緻而帶有濃厚的感情。不過，我們希望舒舒不要只學習一二人的作品，要把閱讀的範圍擴大，從各種不同風格的作品中去擷取別人創作的經驗，這樣才能擴大自己寫作的領域，也才能創造出一條代表自己風格的路線。

誠然，舒舒的作品還不夠成熟，但我們不要忘了，他才廿歲，只寫了一年，有如此成就已相當難能可貴了。如果他努力十年，再寫十年，以他現在的虛心好學，以他現在的勤奮用功，十年後的舒舒定將有可觀的成就，且讓我們拭目以待吧！我們也願以此作為對舒舒的鼓勵和祝福！

鄉野的作家

——讀「寄給異鄉的女孩」有感（鄭邑）

「寄給異鄉的女孩」一書，從後記中我體會到作者的真，沒有做作的自我表白，和那濃郁的氣息。一位文藝耕耘者，可貴的是他坦誠和勇氣，這樣才能實在的與讀者心靈相通，無可厚非的我讀它，也因作者是金門青年，人不親土親，我一口氣從頭讀到尾。

「雨天，我想起；南方來的那姑娘」文中，作者以三個段落敘述，與南方來的那姑娘邂逅、相識、分手。全文以朦朧的霧象爲襯，暗示著年輕人的愛在茫然中成長、消失。它不是主題而在陪襯一個故事——傳統劣習下的悲劇，作者潛意識的表達在陳康白給麗貞的信——……至今，我才深深地體會到，一個年輕人，要趁著年輕力壯的時候，轟轟烈烈地爲國家幹一番，不應該整天迷戀在情人溫馨底懷抱裡……最令我遺憾的是故鄉不良的婚姻陋習，雖然在政府提倡改良後完全消失，可是現在還有少數家長，不顧兒女幸福，死命的要錢，要錢。這種不良作風，是我們生長在金門子女的恥辱。……（希望）能目睹這不良風氣，消失在太武山峰的濃霧中——在「寄給異鄉的女孩」「蛻」可發現作者對傳統陋習的反抗。文中平敘的故事，人物對白摒棄對話式的表達，使全文更爲緊湊，然而對白的文字顯得繁褥。文中一三〇頁「……目前金門正流行著奇怪的婚姻制那就是所謂八千元、八兩黃金、八百斤豬肉所組成的『三八』婚姻制」，這是以前的傳統陋習，大家都明白，重述使對話失去簡潔，有必要嗎?又一三二、一三三頁陳康白的對白，沒有口語的味道，充滿了說理，顯然的與「巴士上的諾言」的對白有截然不同的感受。「巴」文故事情節是，慧貞的父親堅決反對他女兒與理髮師——亞白結婚，亞白以沉重的心情去與慧貞的父親談判，在沙美往金城的巴士上，與一乘客閒聊，爲理髮師辯白，而得到意外的收穫：

「我有一位女朋友，當我們愛情成熟，論及婚嫁時，她的父親就是對職業存著很深的偏見，堅決的反對女兒嫁給理髮師，他總認爲幹理髮的一輩子也沒有出息。」

「她父親不讓她嫁理髮師，也許其中是有因素的」他冷冷的略帶幾分神祕地說。

「完全沒有因素，現在已經是二十世紀了，職業怎能再分貴賤呢?也許她父親（老伯）深怕我們理髮師養不活老婆罷了。」……「何況真正的愛情，是不分貧、富、貴、賤的呵！」

「你說得也很有道理。不過，做父母的誰不希望把自己的女兒，嫁給一個可靠的丈夫呢?」他漫不經心的說。

和「雨」文一樣是一段「相親」的對話，「巴」文所表現的是具有說服力，雖然亞白還不認識他的準泰山，從作者的筆下可隱隱知道：每每對亞白的回答表情總不由己，如

「冷冷的略帶幾分神祕」，「漫不經心的說」。之後，他因亞白的開導及對亞白的認識加深後，有了抉擇：

「青年人那麼性急幹嗎？我姓張，慧貞的父親與我是世交，關於婚事，你儘管放心，一切包在我身上。」他拍拍我的肩，笑著說。

「包在你身上。」我不解地搖搖頭「可是你畢竟不是慧貞的父親。」

如此的對白很口語化，讓人的感受很親切。往往許多小說對話是用筆講出來，讀起來很生澀，這個集子的作品拗口的對話很少。故事本身不一定是小說，好的小說往往是篇動人的故事，「巴士上的諾言」就是例子。在人物個性的描寫上，本文不很成功，不能直覺使讀者感到亞白、慧貞的父親是什麼類型的人物。在小小說的寫作上，因爲文字限制很難表現出人物的個性。

在「寄給異鄉的女孩」「烽煙下的杜鵑」，可說是作者的自白，和對家鄉濃郁的愛。鄉野的作家對家鄉的感受是深刻的。整個集子裡明白表示作者的愛，爲家鄉陋習疾呼，爲炮火喪生下同胞復仇而從軍。在「寄」文中作者多次無意的緬懷在金門的家和一切……「家人好嗎？爸好嗎？媽好嗎？」這雖是一句平常的話，可是那不加粉飾的語氣，像戰地純樸農村一樣，令人有一種樸實的美感。……逐使我想起遠在戰地的家，爸可否從山上回來？媽可曾備好午餐……太久太久沒見到他們了，而當你爲我夾滿一碗佳餚時，卻愈增加我對他們的思念……。我曾試想把這鬧區紊亂的交通，和擁擠的人群和戰地做一個比較，也許被認為很危險的金門戰地要比這人擠車、車擠人安全多了。

這個片段我們深深的感到，他對家鄉的愛不時流露著。好的作品須真、誠摯、生動。不可否認的作者他表現出來了。若說「烽」文是作者縮影，我為他喝采。日記式的記敘，幾則作者內心獨白，充分表現他對文學的熱愛，創作是條艱辛的道路，誰沒有倒過，起來，前進和回頭。也曾因外界的風雨干擾，使很多人凍筆，他能勇敢地接受忠言，坦誠改正缺失，寫作並不是罪惡，罪惡就是無理戕傷作者的人。

「褪色的愛」「冤家」，是車掌之戀的作品。它們有同樣的開始，在「誤會」下認識，前者因誤會而認識、誤解，整篇文章在淡淡的傷感中，充滿感人的愛情故事。有人說愛情是酸的，為何那麼多人會投進這酸的漩渦中呢？本文有很深的感悟。文中對於銘豪與淑梅的分手，交代的很含糊，會因淑梅母親的刁難造成的嗎？再看他們分手前一段對白：

「不，銘豪，請你相信我，我只有一顆心，我愛的也只有你一人。」她搖動著我的雙肩激動的說：「我知道你愛我，也會等我是不？」

「是的，等，等待是美的。我要等到有一天妳對我完全滿意為止。」我無語地搖搖頭，害怕有一天誰也不承認這句話。

「讓時間來考驗我們吧！」她說。

「是的，讓時間來考驗我們吧！」我重複著她的語氣，冷冷的説。

之後，淑梅調到金城站，一次銘豪在金城站遇到淑梅，只因淑梅身旁有陌生的影子，他們吹了，在結構情理上，我總感到不太對勁？

「褪」文中，對銘豪造型寫得比其他還好，讓人覺得銘豪他有喜、怒、哀、樂的人格表現。如：

「哈……哈……，機會?你今天才來爲我製造這個機會。」

「不，我從來没有懷疑過任何一個人，因爲自己本身就是一種相信。只是環境不允許我有太多的夢幻。」

我攤著它走進小房，猛力地扯開塑膠袋，瘋狂似的把它散開在桌上。糖！糖！糖！

上述幾則可揣摩到銘豪內心的激動。愛只要曾經擁有過，它已失去。

誰該走這條路

誰該走這條路

千萬別憑藉上帝的指使。不管路途多麼遙遠，不管山路多麼險峻，我們要有自己的理想和方向……內心的獨白，作者對失意後的人物，以此上進的心情結語，這是戰地青年，在砲火的歷練下，對人生看法如此堅強奮發的表現。文章代表社會習性，這是定理。

在系列的作品中，我們可以發覺到幾篇不相同的體裁，有相同名字的人物，「冤家」

的歐陽淑梅、陳亞白。「褪色的愛」的歐陽淑梅。「巴士上的諾言」的亞白、慧貞。「雨天，我想起：南方來的那姑娘」的慧貞、陳康白。往往看這集子的讀者，會感到疑惑混淆。當然，可能是作者在撰寫時忽略的小問題，但卻不影響到整集的成功。

「寄給異鄉的女孩」一書是具有鄉野味道的集子，值得一讀。

——原載六二、七、四《正氣副刊》

評介「寄給異鄉的女孩」

——兼談文藝創作的幾個小觀點（凡夫）

做為一個文藝創作者、或者是愛好者、評鑑者，學歷不是絕對必要的。首先，他們必須有一顆「赤子之心」。文藝是心靈的創作，心靈的感受，不同於一般價值行為；這並不是說文藝和價值扯不上什麼關係，而是說文藝的價值，不同且重於高於普通的價值涵蓋。正如物質與精神同是文明進化之鑰，而兩者之間在本質上又有迥然之異。一顆赤誠純樸的心靈，仍是通往文藝王國之道；是打開文藝之園的鑰匙。作者有了這把鑰匙，才能窺見人性、發掘人性、表現人性，察人之所不能察，道人之所弗道。如此而從遠處，從微處，以特有之觀察銳力，發掘真理、引導時代；讀者有了這把鑰匙，才能邁入文藝之園，去見「宮室之美」，與作者做心靈的交流與共鳴，共同開發文藝之園。以作者之提供、讀者之感受、評者之推敲，互琢互磨，相輔相成，共營文藝花朵之綻放。

其次，經驗、磨練與文藝素養，也都是文藝工作者必須的要件。「文藝是人生的縮寫」，是人類社會的映像。文藝所要表現的人生，從外在的行為到內在的意識；從具體的描繪到抽象的剖析；從觀念的表達到精神的呈現，其中的每一過程，無不與經驗相揉合，或吸收現實生活的察識。所以，經驗的累積、超凡的洞察能力，對事物的特殊感受，都是有意於文藝工作者——作者、讀者、評者——所必須具備的「文藝嗅覺」。而這些「文藝嗅覺」卻須植根於平日，由一點一滴的培育養成。文藝是很實際的，有一分東西才拿得出一分貨色，缺乏「根」的假文藝，根本就無法通過讀者的法眼。有意從事文藝的文友們，及早培育你的文藝素養和「文藝嗅覺」，才是最可靠的本錢。

二

「寄給異鄉的女孩」是陳長慶（舒舒）的第一本集子。內容分爲散文、小說、評論三部分，各收集了十篇，加上孟浪的「序」，朱星鶴的「太武山谷訪舒舒」及作者的「後記」，共有三十三篇文字。

這本初版賣得一本不剩的集子，給了陳長慶一個無與倫比的鼓勵。不僅本書正在再版中，而且他的第二本書——「螢」（長篇小說）也早已問世了。我手上這本「寄給異鄉的女孩」，還是他在書堆裡七翻八攪才找出來的「孤本」。這樣的成績，不僅他興奮，朋友們更替他高興。尤其可貴的是，它不僅僅是一項記錄，更是對「學歷」「文憑」挑戰的勝利。當時的這種勝利，實在給後來者無比的勇氣，掀起了一陣金門青年作者踴躍出書的熱潮。這些情形，在序文、朱文、後記中，都有了詳細的報導，我不想一再贅述；只提出作者的一句真心話——書，雖然只是文字與文字的累積，但我的書，卻是淚水與淚水所凝組成的——就不難了解作者在創作歷程之中，所付出的心血、淚水與代價。因此而有了如此成就，這總是「字字皆辛苦」的血汗代價；的確，他所付出的一切，絕不是三言兩語所能道盡的。所以，他品嘗到的「收穫的喜悅」，多少也稍能償還其辛苦耕耘之苦了。

在全書一百九十三頁，大約十萬字之中，小說約佔了三分之二的篇幅，評論約佔五分之一，其餘爲散文。由於各類均爲十篇，這長短完全是由於文體表現需要而異。下面是筆者個人就這本文集的三輯——散文、小說、評論——的一部分感想，更藉以請教高明。

二

收集在這本文集的十篇散文，它們的共同特色是——簡潔凝鍊。除了「秋風——譜成底戀曲」是較含有小說味道的，其餘九篇都沒有超過一千字，大多在五、六百字之間，最短的「星夜」只有二百六十五字，而且是含標點符號在內。這一特色正合乎了文學的「經濟」的原則，尤其是物質愈文明、工商愈發達的今日社會型態裡，在「時間就是金錢」，人們幾乎少有「閒」功夫，花在没有顯著效果的事情上（此所以物質文明與精神文明脱節，金錢被「臭」，有錢被「俗」化，而精神病患日愈充肆之癥結所在）。所以，讀者歡迎的不是冗長繁瑣、煩言贅詞的無病呻吟，而是乾脆淋漓、簡潔凝鍊的精緻短文。儘管，長短文各有它的優劣特色存在，這種精鍊短文的發展趨勢，與其說是適應讀者的客觀條件需要，毋寧説是現代乃至未來文藝所走的自然方向；的確，文章是千古事業，在時間無情的淘汰之下，必須棄雜去煩。做爲一個文藝工作者，應當在寫作上建立此一觀念，精化自己的作品，以求提高作品的水準，也能適應大衆要求。當然，這種「精化」的要求是絕對的向上提昇，而不是妥協式的，諸如：「迎合」、「低姿勢」的「反向」屈服。

在觀念上，我們還須密切關注的是，「精化」不是字數的簡化、不是段落的剪接，更不是內容、情節的刪減，這類「斷章取義」的處理方式，不但不成爲「精化」，根本上是與「精化」背道而馳的。所謂「精化」，消極的是「作品質量的濃縮」，不僅不影響作品的質量，反而要使作品更加濃郁；積極的是「作品價值的提昇」，使作品除流行性外，能兼顧文學性。在濃縮中，質地不受影響；在昇華中，作品的精神、觀念、內涵……等均在「前進」之中。這廣義的「前進」，才是「精化」的精神所在。

在陳長慶「曇花一現」的散文創作歷程中（見序文），自然不能要求他一定要有「千古絕唱」，有些人甚至創作了一輩子，也未必能有怎樣的佳作。倒是陳長慶那篇短小精幹的「星夜」，我個人是很欣賞的。那是一篇用詩的語言寫成的散文，這種類型的散文，比較容易給人一種清新舒暢，欲言又止的喜悅，「星夜」也不例外。另外，「公園」、「那朵雲」也都是屬於這種「詩化的散文」風格，這可說是本文集的第二特色。

至於那篇「秋風——譜成底戀曲」被歸在屬於散文的第一輯，我個人是有點置疑的。因爲「秋」文大體上已經具備小說的雛形，就內容、主題而言，它歸入第二輯的小說是說得過去的。再說，它與「蛻」、「雨天，我想起：南方來的那姑娘」有相同的背景——對古老「三八」陋習的討伐；個人的推測，可能是他的散文寫作較短、作品較少的原因，有序文爲證——「創作散文在陳長慶追求心靈意識的過程中，可以說僅僅是曇花一現，很短的時間，他就從事小說的創作了」。

從這九篇散文中，我們可以體驗出文字精化的效果，對於有志散文創作的作者而言，實有必要樹立自己獨特的風格。現在，許多具有散文創作優異條件的作者，都「更高一層樓」地寫小說或詩，或者歸隱山林去了。於是，散文園地成了一批批新面孔的交棒史，他們把散文創作當做進入文藝花園的起步，卻又急於擺脫這項自以爲是「初級」的出身階，去好高鶩遠，去追求自以爲「高一級」的詩、小說。這種偏差的觀點，造成若干天才的早夭，不僅是文壇難以彌補的損失，也給關懷文藝者很深的傷憾。不可諱言的，我們讀者對小說、詩的喜愛、評價與鼓勵，是遠超過給於散文的；對於仍以散文爲主力的今日金門文壇，實在有適度的注重及鼓勵散文創作的必要。

三

小說是反映社會，表現人生的。

不久以前的金門，流行著一種極其惡劣的「三八」婚姻制——八千元、八兩黃金、八百斤豬肉。因而，金錢成了愛情與婚姻的前鋒。曾經，多少青年男女都身受其害，多少人間美事被阻撓，多少佳對良偶未圓滿；目前，這種以「聘禮表彰門第，多多益善」的觀念，經政府的倡導、社會的檢討、人們交相指責、和許多血肉交織的事實下，這種「嫁女若賣女」的惡俗，幾乎成了歷史名詞了。

陳長慶在其作品中，對這種惡俗，曾一而再、再而三、全力「鳴鼓而攻之」。在全文集的十篇小說及那篇與同輯散文風格迥異的「秋風——譜成底戀曲」的十一篇中，內容涉及「三八制」的計有：「秋風——譜成底戀曲」、「蛻」、「寄給異鄉的女孩」、「雨天，我想起：南方來的那女孩」四篇，佔了不小的比例；甚至他的第一本長篇小說——「螢」——也對這項惡俗有所聲討。因此可見，陳長慶對「三八制」的厭惡，已經到了深惡痛絕、無以復加的地步。

其次，以「車掌小姐戀情」爲主題的小說，也有「冤家」、「褪色的愛」、「烽煙下的杜鵑」三篇，及以公車的主體的「巴士上的諾言」。這些小說的靈感都是來自公車，或許是作者曾是公車的常客，而車上則是沉思的最好場所，自然而然就成爲創作的搖籃，孕育、構思、表現出這種類型的主題了。

在這兩大主題下，作者反覆地申述他對惡俗的不滿和對現實的幻想。一方面抨擊不合理的「三八制」，發出理性的吶喊，努力地想用道德和人性來感化「嫁女若賣女」的不正常風氣；一方面又以孤軍奮鬥的精神，全力抵制，正面攻擊這項令人髮指的不良習俗。所以，他的小說主角都具有特出的奮鬥精神，在艱苦惡劣的環境，造成「力」的表現，不管如何不利，陳長慶的筆下，只有斷腕的壯士，沒有自甘服輸的屈服；正如他在真實環境的體驗，沒有弱者的屈服，沒有失敗的氣餒。當然，挫折是免不了的；如果你跟作者一樣，把挫折當做一個進步的歷程、一種經驗的獲得，那麼，挫折也就算不了什麼了。

「秋風——譜成底戀曲」也許是作者於散文與小說之間的過渡期作品，雖然具備小說的雛形，在結構、情節上都顯得「不夠成熟」，尤其是對白，特別的「散文」化，若歸入散文，又與其他九篇散文「內外迥異」。同樣的素材，在「雨天，我想起：南方來的那姑娘」中，顯出了迥然不同的氣息：故事情節在很自然地狀態下進行，看似「風平浪靜」，其實卻完全是「暴風雨前夕的寂靜」，在臨爆點的衝擊下，作者藉一個「腰骨挺直」的陳康白，對「三八制」作最嚴厲的詰問與譴責，然後「走了」。不是逃避，而是對惡俗的背棄，他用「寧爲玉碎，不爲瓦全」的態度呈現他的價值觀念；不是「純報復」或「兒戲」，沒有親睹或經驗過惡劣習俗遺害的人，絕無法體會「劣俗猛於虎」的。所以，如果有人把陳康白的反應當做「見異思遷」、「純金錢的愛情」或「負情」來批論，那就與作者的想法南轅北轍了：我無意在「愛情」或「價值觀念」方面做太多的辯義，一種「價值觀念」的差異或者「代溝」的差距，並不是三言兩語可以交待清楚的。陳康白那句「老伯，說句不客氣的話，你女兒是嫁給我，不是賣給我啊！你若承認說是賣給我，哪對不起的很，我陳康白可買不起你家大小姐。」實在值得玩味，雖然已久未再有「重聘」之說，仍值得爲人女「父母」而欲「待價而沽」者戒。

另一篇「蛻」雖涉及「三八制」，但未深入探討，且論及早年的另一不正常風氣——少女的留台夢。那又涉及更深更廣的價值觀念的問題，原本是一個可以好好利用與發揮的題材，但作者並沒有往這方面發展，也沒有此類題材的他作，實屬惋惜。在「蛻」文中，作者除表彰一個沒有學歷的孩子之奮鬥史，藉一頁醜惡的貪污，一顆愛慕虛榮的少女心，再用「三八制」衝突與人事調動的巧合及一次意外車禍，作者在連串的製造高潮、引導情節所費的功夫，可以說是達成預期的目標。但是，在時間的安排，卻顯得鬆懈地有點脫節，尤其是在第五節跨越了太長的時空，在表現上有了的漏洞。這漏洞並不是錯誤，而是「未及兼顧」的結果。再者，在全文之中，特別是每節的開始，幾乎都以時間開頭，這是可以商榷的方式，還好這種「現象」並未在其他篇章出現。在佈局上，作者最後給愛慕虛榮的「婦人」一個「創新」的機會，其中含有相當程度的同情意味，雖「落入俗套」，卻能「皆大歡喜」；否則，又要再一次背負「刁難」、「落井下石」嫌疑了。

再者，談到以車掌小姐戀情爲主題的三篇：「冤家」以劇情見長，「褪色的愛」很沉，而「烽煙下的杜鵑」卻是完全不同的另一風格。比較之下，我欣賞「冤家」，因爲它在情節安排上比較輕快曲折，容易吸引讀者的注意力，形成共鳴；且高潮迭起，巧合連連，神話似的傳奇，無一不引人入勝的。尤其，對白自然流利，表情描述歷歷在目，十足表現出作者那分爐火純青的傳神功夫。刻劃一個「甜甜而略帶幾分傲氣」的天真的千金小姐，陳長慶已塑造出了一個典型。以人物刻劃的觀點而言，「冤家」是文集中的最佳小說：當然，輕快的筆調、曲折的情節、傳神的巧合，都有「綠葉襯紅花」之功。這也正說明，一篇好的小說，不是某單一方面的成功，而是全面的集體效果。本來，喜劇性的故事就較易於討好讀者，再加上趣味橫生的措詞，從頭到尾那種「快拍子」的節奏，極富音樂感；沒有「拖拉」的悶場，劇情緊湊，無不給予讀者連串的「快感」，集若此優點，豈非佳文？

「褪色的愛」跟「冤家」正好有一百八十度的差異：它是悲劇的、冗長的敘述，太多的人物，及低八度的情節。本來，悲劇若能掌握得法，是很能「震撼」讀者而引起「高度共鳴」的：使讀者全心投入，而置身情節之中，與劇中人物感情之喜怒哀樂相揉合，邁入

「劇人合一」的境界；而喜劇雖易於討好讀者，終究是沾了「娛樂」成分的光。就寫作本身而言，喜劇好寫，悲劇難刻劃；成功的喜劇不難，感人的悲劇就大不易了。作者也體會出心理描述在悲劇作品所佔的份量，所以用了許多的心理分析的語言，在那「獨白式」的表現方式下，使情節特別的低沉，給讀者一個低氣壓似的煩悶的感受，而格外顯得不協調。我想，如果能把這些心理分析改用其他方式表現，而不用直叙的話，效果也許會更加强些，諸如：對白、特殊事件、下意識的反應等。此外，人物太多，也分散了部分劇力。短篇小說限於篇幅，無法刻劃太多的人物；與其無法表現，倒不如將小說的人物做合適的調整，讓每個出場的角色，都有一份屬於自己的個性；正如國劇的每類臉譜，都代表著一種典型，每一個角色，作者都須賦予生命與職責，這是小說人物描繪的原則。否則，太多而不恰分的龍套，會「喧賓奪主」的。同樣的道理，在一篇小說中，每個事件都具有其完整的「來龍去脈」，不論連續情節或預留的伏筆，完整的佈局是很要緊的。這不是說要對讀者交待得一清二楚的，常常，懸疑的結局，讓讀者去決定劇中人物的命運，也是別有風味的；而作者只須提供足夠的相關資料，或者是暗示。

「烽煙下的杜鵑」的女主角雖是車掌小姐，但她的職業對整篇小說未構成直接的影響，它的主題在描述一個「杜鵑瀝血」的苦命少女，及一個致力於寫作的青年：講他如何開創自己的寫作生涯，講她如何在成功時點醒他、失敗時慰勉他的故事。內中那句「在車上各形各色的人物都有……你可以用你的想像力，在其中找到新題材。」倒是作者的體驗，也是幾篇作品的背景。他用日記的方式寫小說，是很有利的選擇，不但易於控制全局，運用自如，更利於情節的剪接與發展。

「巴士上的諾言」在描述人們錯誤的「職業歧視」觀念。除了結局，全篇都在公車上進行，是唯一較特別的地方，但其他方面表現平平，並沒有很傑出的成就。「祭」則揭開茶室侍應生的「悲慘世界」，在那小小的房間裡，去區別人性與獸性，結局用解脫來維護顧客無意遺落底種子的心靈；在這裡，作者從微小處，發掘人類可貴的母愛——一種迴異的愛的方式。「舊情」和「蛻」一樣，在小說的時空方面，有了很大的漏洞，而且有些「生硬」與「不夠成熟」。「無聲的祝福」描寫一對非親生兄妹的手足之情，整個故事情節平鋪直述，沒有特地製造的高潮與懸疑，是一篇比較「散文化」的小說。由於篇幅的關係，上述四篇小說就此帶過，而多談些「寄給異鄉的女孩」——這本文集的主題小說。

「寄給異鄉的女孩」原本發表於「金門」月刊創刊號上。大約是五十七年夏秋季的作品。是篇「書信」體裁的小說，在一封信裡，有情節有佈局有濃郁的情感；說是小說，也許會有人不以爲然；事實上，它的情節與佈局和小說是相契合的。全文是以雨爲經：由金門的雨——臺灣的雨——金門的雨貫串整篇小說；一個叫做「梅」的異鄉女孩則是小說的緯，如此交織而竟全篇。雨，在陳長慶的創作中，是經常出現的。或許他習慣於雨天寫作，或者雨天才是真正屬於他的假期，或許是雨給予他較多的靈感。正如：「時間是一切計算的重複者」及「在一位小姐面前裝啞吧，那是世界上最嚴重的懲罰」兩句話，反覆出現在各小說裡一樣，這或許解釋爲生活經驗的缺乏——在「烽煙下的杜鵑」文中，作者曾如此自認。

本文或許是專爲「金門」月刊而寫的，作者在有意無意間，不斷地展現著金門的各項進步與發展；並不斷地在臺灣——金門之間並列對比。諸如：梅純樸的問候與金門的樸實民風；擁擠交通的危險與金門如小石頭般的落彈；臺灣的豪華戲院及金門的「擎天廳」；已被改良的「三八制」與臺灣「大餅」聘禮；最後連梅的終身大事也在同學、同事與戰地之間，選擇了後者——而梅與作者（暫如此稱）不過是五年異鄉、異地、異親、異戚的情誼，且未曾謀面。如此可說，或許算是屬於「神交」或「道義之情」吧！

藉一趟旅臺之行，作者攜回一份令人滿意的堅決答覆，再報以等量敬意的盛情，這未必是古老的傳奇故事。這是一份值得珍惜的「沉默之愛」。誰說過：「掛在嘴邊的愛情，不是真正的愛情。」在這兒，作者爲我們驗證了這句話。全篇文字不見一個「愛」字，卻到處皆有充實溫馨的情意，這氣氛方面的營造，作者是費了一番心力的。如果把「寄給異鄉的女孩」當做一篇成功的佳作，本來我不以爲然，一度我曾懷疑作者爲何選它當做主題小說，甚至認爲它不夠格當主題小說。後來，三番兩次徹頭徹尾的品嚐，咀嚼，才發現：

它是蠻耐讀的。也大致能夠接受作者以它爲主題小說的選擇。

在陳長慶早期的小說創作中，雖還稱不上是完整的成功。這本文集卻正好展示了一個作家的成長歷程。我以爲最遺憾的是：作者竟以題目長短編排，而不以創作先後排列。正如評論部分全用規律化的「評×××」一樣的給人遺憾。如果再版來得及重排次序改以創作年次排列，讀者將更能深刻看到作者的成長，而引起更深入的共鳴。

四

「寄給異鄉的女孩」這本書的第三輯是十篇書評。評介散文、小說也不過是「我的第一步」，和大膽的嘗試，如果要評「書評」，是有點不可思議。一直地，我都是如臨深淵、如履薄冰地兢兢業業，唯恐稍有不愼，則刀光劍血臨身矣！更怕扯出連原作者都想不到的「妙論」，變成在「蓋」讀者，那豈不要吃不完兜著走了！不過，我願重錄孟浪君在序文所說的：

他（陳長慶）的評論比小說好，小說又比散文好。

換句話說，他的散文不錯，小說更好，評論更更好。對此觀點，尚無法用「寄給異鄉的女孩」這本文集加以驗證。加上手上沒有陳長慶的完整的作品資料，所以實在無法徒然地贊同或異議，至少在初步的印象中，我還是有點保留的。

我一直堅信，評鑑在文學王國裡是極其重要的一環。作者創作、論者評鑑、讀者共鳴乃文學殿室的三支大柱，缺一不全。而這創作——評鑑——共鳴是相輔相成的。作者寫好作品、論者介紹好作品、讀者欣賞好作品，乃是一貫的、且十分完美的事。據此觀點，個人願提出兩點說明：

一、作者應本著「大海納百川」之量，摒棄「敝帚自珍」的自信（自滿？），重視他人的看法與意見，即使不同意，也必須基於不同的觀點立場，設身處地，給予應有的尊重。我們寧願相信大家都是基於善意的，敞開心胸，避免做意氣之爭；即使是苛求，我們也都知道「愛之深，責之切」的道理，也只有更高的要求，才能不斷地提高品質。這雖然只是一些老生常談，但能「聞過色喜」的有幾人？

二、讀者應有要求更好作品的觀念：欣賞的本義應擴及廣義的吸收優點、檢討缺點。如果讀者安於現狀，輕易滿足或不加理睬，那會傳染作者而形成「進步停頓」的平原期，甚至走下坡。那樣，對讀者、對作者都是百害而無一利的。

那麼，讀者應如何為茂盛文藝花園而貢獻一己之力呢？

首先，要把自己最直覺、最真實的感覺告訴作者。我們且假設：作者都是時刻在期待讀者對他作品的反應。事實也是如此。那麼，讀者的反應，對作者而言，將是一劑興奮劑，一劑進步的催化劑。接受到讀者的意見，肯定是作者最引以為榮與期待最殷切的事，讀者們，您認爲呢？如果你的一個意見，可能會催化出一個好作家，我想您會樂於提供您的感想的。

其次，把您的看法和意見告訴編者，也不失爲上策。編者一方面可以替您把看法轉達給作者，更主要的是：編者掌握了作品的發表與否的「尚方寶劍」，他的依據是什麼？相信您也知道，至少不是他個人的好惡，而是讀者的反應。這是市場需求的鐵則，讀者的意見對編者而言，是建議，更是指示。文藝的主人是作者，是編者，更是讀者。作者有提供的義務，讀者更有選擇的權利。所以，讀者應深切體認自己的地位——在文學王國的地位和影響，善於運用自己的權利，與作者齊頭並肩、一起開發文藝花園，促成文藝花園的早日開花結果。

此外，還有一個觀點，對於作者而言，是非常重要的——不以作品的發表爲滿足。前面說過，創作——評鑑——共鳴是文學三部曲。作品的發表只不過才完成了全程的三分之一罷了。「行百里者半九十」，完整通過「三部曲」的作品，才是真正的作品。作者如能以此爲標竿，則讀者甚幸！文壇甚幸！

五

做爲文藝的愛好者，我願以讀者的身分，盡我的一分言責。本文雖是書評，但提及的觀點多於批評。這些觀點部分與「寄給異鄉的女孩」有關，有些觀點則只是有感而發，與該書無涉。不論相關與否，都不是題外話；因爲文學是沒有界線的，在如此廣浩的文學瀚海之中，每個人都像是滄海一粟，不足輕重，同時是舉足輕重。「一花一天堂，一沙一世界」，不自負、不自卑乃我文藝界人士一本相傳之良好德性；不埋沒，不辜負此一德性，又是我文藝界人士所須自勉自反的。

林語堂曾說過：「筆如鞋匠之大針，越用越銳利，結果如繡花針之尖利。但一人之思想越久越圓滿，如爬上較高之山峰看景物然。」您以爲如何？別空負了您的思想與筆尖啦！

——原載於六三、七、一《金門文藝季刊》第五期

後記

終於，我有一本書了。

書，雖然只是文字與文字的累積，但我的書卻是淚水與淚水所凝組成的。儘管它枯燥、乏味、不成熟，但在一位沒有學歷的金門青年來說，必有它存在的價值和意義。我並非在顯耀我的「博學」，相反的，一個沒有學歷的孩子他所付出的代價往往要超人幾倍，這是不可否認的事實，更何況這又是一本不成熟的作品。我之於出版它，除了呈獻給父母外，唯一的，就是做一個慚愧的紀念。

數年來，我一直在得，所付出的實在太少了。因而，隱藏在我心中的有太多的感謝！

感謝父母，二十餘年從未讓我缺少過什麼。

感謝哥哥，爲了家他一直在淌滴著自己的血汗。

感謝孟浪、郭鍥、汪洋、朱星鶴、丁心、谷雨、羅曼、管管在寫作上給予我鼓勵和指導。

感謝碧珍，在她的愛和了解下，我感到幸福和溫馨，這本書若不是她的慫恿，我是没有勇氣來出版它的。

感謝你，親愛的讀者；也同時感謝我自己。

陳長慶　一九七二年四月於金門碧山

三版後記

三版的印行，對我來說並沒有特別的意義，只想在短暫的人生歲月，留下一個慚愧的紀念。

書裡除了增加「二篇評論」、「二篇回響」、「二篇書評」外，我不想更動任何一個不妥的詞句。廿餘年前的那份純真，依稀在我腦裡盤旋著，能把這些不成熟的作品保留下來，我沒有理由不接受，也沒有理由不高興。

感謝您，親愛的讀者！

陳長慶　一九九六年十一月於金門新市里

國家圖書館出版品預行編目資料

寄給異鄉的女孩/陳長慶著
——增訂三版，——臺北市，大展，86
面；　　公分，——（文學叢書；1）
ISBN 957-557-679-9（平裝）

848.6　　　　86000895

寄給異鄉的女孩　　ISBN 957-557-679-9

作　　者/陳　長　慶
封面設計/李　禮　森
內文電腦打字/蒴　梅　生
校　　對/陳　嘉　琳
發 行 人/蔡　森　明
出 版 者/大展出版社有限公司
社　　址/台北市北投區（石牌）致遠一路2段12巷1號
電　　話/（02）8236031·8236033
傳　　真/（02）8272069
郵政劃撥/0166955-1
登 記 證/局版臺業字第2171號
承 印 者/高星企業有限公司
裝 訂 廠/日新裝訂所
排 版 者/弘益電腦排版有限公司
金門總代理/長春書店
金門縣新市里復興路130號
電　　話/（0823）32702
法律顧問/劉鈞男大律師
初　　版/1972年（民61年）6月
再　　版/1972年（民61年）8月
增訂三版一刷/1997年（民86年）1月　　定　價/180元

●本書若有破損缺頁敬請寄回本社更換●

大展好書　好書大展

大展好書 好書大展